I0712715

*Рубен Давид
Гонсалес Гальего*

# БЕЛОЕ НА ЧЕРНОМ

ФИЛАДЕЛЬФИЯ
2023

**Рубен Давид Гонсалес Гальего**
**Белое на черном**. Филадельфия, 2023. - 202с .

Рубен Давид Гонсалес Гальего, русский писатель, живущий в Израиле,   на опыте своей жизни в советской России, большая часть которой прошла в интернатах для детей-инвалидов, в полной мере ощутил значение слов «коммунистическая мораль». Об этом опыте его блистательный автобиографический роман «Белое на черном», ставший сенсацией уже в журнальной публикации и впоследствии получивший премию «Русский Букер» как лучший роман года.

Обложка: Олег Каторгин
Фото: Денис Ваксман


**Ruben David Gonzalez Gallego**
**White on Black.**
Philadelphia, 2023.-202p.
Book Cover by Oleg Katorgin
Cover Photo by Denis Vaksman
Published by Paul Mostinski, Philadelphia, USA


Library of Congress Control Number: 2023914648
ISBN 979-8-9858179-6-6

# БЛАГОДАРНОСТИ

Спасибо Еве, нашей Праматери, за то, что съела яблоко.

Спасибо Адаму за то, что принимал участие.
Особая благодарность Еве.

Спасибо моей бабушке Эсперансе за то, что родила мою маму.
Спасибо Игнасио за то, что принимал участие.
Особая благодарность моей бабушке.

Спасибо моей маме за то, что родила меня.
Спасибо Давиду за то, что принимал участие.
Особая благодарность моей маме.

Спасибо моей маме за то, что родила мою сестру.
Спасибо Сергею за то, что принимал участие.
Особая благодарность моей маме.

Спасибо моей учительнице литературы. Однажды, когда я болел, она принесла мне куриный суп. Она приносила в класс варенье, мы ели варенье и были абсолютно счастливы. Когда я писал сочинения, она ставила мне пятерки, когда не писал – двойки.

Спасибо Сергею за редактуру и публикацию моих первых текстов.

Особая благодарность моей учительнице литературы за варенье.

Спасибо моим женам за то, что они были.

Спасибо моим дочерям за то, что были и есть.

Особая благодарность дочкам за то, что они есть.

Спасибо всем женщинам, внучкам и бабушкам, молодым и старым, красивым и менее красивым.

Спасибо всем мужчинам.

Особая благодарность мужчинам за участие.

Ещё раз спасибо маме.

# БЕЛОЕ НА ЧЕРНОМ

Просто буквы,
буквы на потолке, на черном фоне медленно
ползущие белые буквы.
Они стали появляться по ночам после очередного
сердечного приступа.
Я мог перемещать эти буквы по потолку,
складывать из них слова и предложения. Наутро
оставалось только записать их в
память компьютера.

## О СИЛЕ И ДОБРОТЕ

Меня иногда спрашивают, было ли то, о чем я пишу, на самом деле? Реальны ли герои моих рассказов?

Отвечаю: было, реальны; более чем реальны. Конечно, герои мои – собирательные образы бесконечного калейдоскопа моих бесконечных детских домов. Но то, о чем пишу, – правда.

Единственной особенностью моего творчества, расходящегося, а порой и противоречащего жизненной подлинности, является авторский взгляд, несколько, может быть, сентиментальный, иногда срывающийся на пафос. Я умышлен-но избегаю писать о плохом.

Уверен, что чернухой жизнь и литература переполнены уже слишком. Так случилось, что мне пришлось увидеть слишком много человеческой жестокости и злобы. Описывать мерзость человеческого падения и животного скотства – множить и без того бесконечную цепь взаимосвязанных зарядов зла. Не хочу. Я пишу о добре, победе, радости и любви.

Я пишу о силе. Силе духовной и физической. Силе, которая есть в каждом из нас. Силе, пробивающей все барьеры и побеждающей. Каждый мой рассказ – рассказ о победе. Даже мальчик из немного грустного рассказа «Котлета» побеждает. Побеждает два раза. Первый, когда из беспорядочного хлама ненужных знаний он, за неимением ножа, находит три единственных слова, действующих на оппонента. Второй, когда решает есть котлеты, то есть жить.

Побеждают и те, для кого единственным победным исходом становится добровольный уход из жизни. Боевой офицер, погибающий перед лицом превосходящих сил противника, умирающий по Уставу, – победитель. Я уважаю таких людей. Но все равно главное в этом человеке – мягкие игрушки. Уверен, что всю жизнь шить мишек и зайчиков гораздо труднее, чем один раз перепилить себе горло. Убежден, детская радость от новой игрушки стоит на общечеловеческих весах гораздо больше, чем любая военная победа.

Это книга о моем детстве. Жестоком, страшном, но все-таки детстве. Чтобы сохранить в себе любовь к миру, вырасти и повзрослеть, ребенку надо совсем немного: кусок сала, бутерброд с колбасой, горсть фиников, синее небо, пару книг и теплое человеческое слово. Этого достаточно, этого более чем достаточно.

Герои этой книги – сильные, очень сильные люди. Человеку очень часто надо быть сильным. И добрым. Позволить себе быть добрым может не каждый, не каждый способен перешагнуть барьер всеобщего непонимания. Слишком часто доброту принимают за слабость. Это грустно. Быть человеком трудно, очень трудно, но вполне возможно. Для этого не обязательно становиться на задние лапы. Совсем не обязательно. Я в это верю.

# ГЕРОЙ

Я – герой. Быть героем легко. Если у тебя нет рук или ног – ты герой или покойник. Если у тебя нет родителей – надейся на свои руки и ноги. И будь героем. Если у тебя нет ни рук, ни ног, а ты к тому же ухитрился появиться на свет сиротой, – все. Ты обречен быть героем до конца своих дней. Или сдохнуть. Я герой. У меня просто нет другого выхода.

* * *

Я – маленький мальчик. Ночь. Зима. Мне надо в туалет. Звать нянечку бесполезно.

Выход один – ползти в туалет.

Для начала нужно слезть с кровати. Способ есть, я его сам придумал. Просто подползаю к краю кровати и переворачиваюсь на спину, опрокидывая свое тело на пол. Удар. Боль.

Подползаю к двери в коридор, толкаю ее головой и выползаю наружу из относительно теплой комнаты в холод и темноту.

Ночью все окна в коридоре открыты. Холодно, очень холодно. Я – голый.

Ползти далеко. Когда ползу мимо комнаты, где спят нянечки, пытаюсь позвать на помощь, стучу головой в их дверь. Никто не отзывается. Кричу. Никого. Может быть, я тихо кричу.

Пока добираюсь до туалета, замерзаю окончательно.

В туалете окна открыты, на подоконнике снег.

Добираюсь до горшка. Отдыхаю. Мне обязательно надо отдохнуть перед тем, как ползти назад. Пока отдыхаю, моча в горшке покрывается ледяной коркой.

Ползу обратно. Стаскиваю зубами одеяло со своей кровати, кое-как заворачиваюсь в него и пытаюсь заснуть.

А наутро меня оденут, отвезут в школу. На уроке истории я бодро расскажу об ужасах фашистских концлагерей. Получу пятерку. У меня всегда пятерки по истории. У меня пятерки по всем предметам. Я – герой.

# ШТЫК

Штык – отличная вещь, надежная. Один удар – и противник падает. Штык протыкает тело врага насквозь. Штык никогда не подводит, штык бьет наверняка. Пуля бьет наугад, пуля – дура. Пуля может пройти по касательной, пуля может застрять в теле и подло подтачивать человеческую жизнь изнутри. Штык – не пуля, штык – холодное оружие, последний осколок девятнадцатого века.

На обложке первой книги Николая Островского выдавлен штык. Слепой, парализованный писатель не мог перечитывать свою книгу сам. Все, что ему оставалось, – это снова и снова водить пальцами по контуру штыка. Самого прочного в мире штыка – штыка из бумаги.

Древние викинги – лучшие воины в мире. Бесстрашные воины, люди, сильные духом. Упавшего в бою викинга рано сбрасывать со счетов. Упавший в бою викинг в последнем порыве уходящей жизни стискивал ногу врага зубами. Медленно умирать, проклиная свою никчемную жизнь, изводя себя и близких бесконечными жалобами на неудачную судьбу, – удел слабых. Вечный гамлетовский вопрос не заботит солдата в бою. Жить в бою и умереть в бою – одно и то же. Жить вполсилы и умирать вполсилы, понарошку, – противно и мерзко. Самое большее, на что может надеяться смертный, – умереть сражаясь. Если повезет, если очень повезет, можно умереть в полете. Умереть, зажав в руке лошадиную узду или штурвал истребителя, шашку или автомат, кузнечный молот или шахматного короля. Если в бою отрубили руку, не беда. Можно перехватить клинок другой рукой. Если упал, еще не все потеряно. Остается шанс, маленький шанс – умереть, как викинг, сжимая зубами пятку врага. Везет не каждому, не каждому дано. Гомер и Бетховен – счастливые исключения, лишь подтвсрждающие ничтожность шансов. Но драться надо, по-другому нельзя, по-другому – нечестно и глупо.

Я плакал над книгой. Книги, как и люди, бывают разные. Если подумать, если подумать очень сильно, комиксы – тоже книги. Красивые книги с красивыми картинками. Забавные игрушки – бумажные бабочки-однодневки, комиксы имеют огромное преимущество перед остальными книгами: над ними не плачут дети. Веселым маленьким детям нет никакой необходимости плакать над книгами. Вопрос «быть или не быть» не имеет для них никакого значения. Они же дети, всего лишь дети, им еще рано думать. Я читал книгу, читал и плакал. Плакал от бессилия и зависти. Я хотел туда, я хотел в бой, но в бой было нельзя. Мне ничего было нельзя, я привык, но все-таки плакал. Есть книги, изменяющие взгляд на мир, книги, после которых хочется умереть или жить по-другому.

Если хочешь что-нибудь понять, нужно спрашивать у людей или у книг. Книги – тоже люди. Как и люди, книги могут помочь, как и люди, книги врут.

Я не просто так читал книги, я хотел понять, как устроен мир. Я хотел узнать, как мне жить в этом мире. Я спрашивал у людей – люди не отвечали мне. Я искал ответ в книгах – книги уходили от ответа. Книги подробно, очень подробно рассказывали, как надо жить, если у тебя есть все. Книжные герои страдали – я удивлялся. Я, живой и настоящий, не понимал их, книжных, не принимал их бумажных страданий. Они были понарошку, как учителя в школе. Учителя советовали читать книги – я читал. Читал все подряд, читал бесконечные нудные описания бессмысленных жизней слабых и ленивых людей. Учителя называли таких людей героями – я не понимал, в чем состоит их героизм.

Д’Артаньян – герой? Какой же он герой, если у него были руки и ноги? У него было все – молодость, здоровье, красота, шпага и умение фехтовать. В чем героизм? Трус и предатель, постоянно делающий глупости ради славы и денег, – герой? Я читал книгу, не понимая и половины. Все – и взрослые и дети – считали мушкетеров героями. Я не спорил, спорить было бессмысленно. В любом случае я не мог брать пример с этих героев.

Я прочел эту толстую книгу несколько раз. Я прочел и продолжение славной истории про бравых мушкетеров. Продолжение меня не разочаровало. Несчастный урод – господин Кокнар – сделал то, что и полагалось сделать настоящему герою: умер. Умер, оставив жену и деньги Портосу. Господин Кокнар не вызывал моего сочувствия. Если бы у этого жалкого старика хватило сил и сноровки всыпать яду Портосу в вино, я был бы на его стороне. Но чудес не бывает. Несчастный калека медленно доживал свою гнусную жизнь, оттеняя своим инвалидным креслом подвиги истинных героев. Бедняга.

Другие были не лучше. Жалкие людишки, достойные презрения. Насекомые, похожие на людей лишь отчасти. Мешки с дерьмом, не годящиеся ни в рай, ни в ад. Воины, не способные ни жить, ни умереть. Лишь некоторые из них более или менее удостаивались моего уважения. Например, Портос. Портос мне нравился гораздо больше, чем Кокнар. Портос, по крайней мере, смог умереть как человек.

Гуинплен – дурак, страдающий из-за пустяка. Подумаешь, обезображенное лицо. Сирано поступал чуть умнее. Если у тебя есть пара сильных рук и острая шпага, о красоте можно поспорить.

Шпага – неплохой аргумент. Впрочем, Сирано меня тоже разочаровал. Сильный в общении с мужчинами, он оказался слюнтяем и нытиком перед лицом любви.

Я завидовал Квазимодо. Люди смотрели на него с отвращением и жалостью, как на меня. Но у него были руки и ноги. У него был весь собор Парижской Богоматери.

Книжные герои не были героями или были героями лишь отчасти. Самые лучшие из них вели себя как люди время от времени, словно нехотя. Они позволяли себе жить только несколько минут перед смертью. Только перед смертью они нравились мне. Только достойная смерть примиряла их с бессмысленной жизнью.

Я редко плакал над книгами. Поводов плакать у меня было вполне достаточно и без надуманного книжного горя. Но эта книга была настоящей. Эта – не врала.

Павка Корчагин скакал на лошади и владел клинком не хуже мушкетеров. Павка Корчагин был сильным и смелым парнем. Он воевал ради идеи, деньги и звания ему были ни к чему. Буденовка – жалкое подобие рыцарского шлема – не могла защитить его от подлой пули. Острый клинок был бессилен против маузера. Он знал это, но шел в бой. Шел в бой снова и снова. Снова и снова рвался в самую гущу битвы. Дрался и побеждал, всегда побеждал. Оружием и словом. Когда отказало тело, когда рука не могла уже держать клинок, он сменил оружие, он приравнял к штыку перо. Он смог. Последний рыцарь холодного оружия. Последний викинг двадцатого века.

Что остается у человека, когда не остается почти ничего? Чем оправдать свое жалкое полусуществование полутрупа? Зачем жить? Я не знал тогда, я и сейчас не знаю. Но, как Павел Корчагин, я не хочу умирать до смерти. Я буду жить до последнего. Я буду драться. Медленно нажимая на клавиши компьютера, я ставлю букву после буквы. Я тщательно кую свой штык – свою книгу. Я знаю, что имею право только на один удар, второго шанса не будет. Я стараюсь, очень стараюсь. Я знаю: штык – это наверняка. Штык – отличная вещь, надежная.

## МЕЧТЫ

Когда я был совсем маленьким, я мечтал о маме, мечтал лет до шести. Потом я понял, вернее, мне объяснили, что моя мама – черножопая сука, которая бросила меня. Мне неприятно писать такое, но мне объясняли именно в этих терминах.

Те, кто объяснял, были большие и сильные, они были правы во всем, соответственно, они были правы и в такой мелочи. Конечно, были и другие взрослые.

Они были учителями. Учителя рассказывали мне о дальних странах, о великих писателях, о том, что жизнь прекрасна и каждому найдется место на земле, если только хорошо учиться и слушаться старших. Они всегда лгали. Лгали во всем. Они рассказывали о звездах и материках, но не разрешали выходить за ворота детдома. Они говорили о равенстве всех людей, но в цирк и в кино брали только ходячих.

Не лгали только нянечки. Удивительное русское слово – «нянечки». Ласковое слово. Сразу вспоминается «выпьем, няня...» Пушкина. Обычные сельские тетки. Они не врали никогда. Иной раз они даже угощали нас конфетами. Иногда злые, иногда добрые, но всегда прямые и искренние. Часто с их слов можно было понять суть там, где от учителей добиться вразумительного ответа было невозможно. Давая конфету, они говорили: «Бедное дите, скорее бы уж помер, ни себя, ни нас не мучил бы». Или, вынося покойника: «Ну, и слава Богу, отмучился, бедненький». Когда я, простуженный, оставался в спальном корпусе один на один с такой нянечкой и мне не надо было идти в школу, она, добрая тетя, приносила мне какую-нибудь сладость или фрукт из компота и рассказывала о погибших на фронте детях, о муже-пьянице, о куче всяких интересных вещей. Я слушал и верил всему, как верят правде дети, а может быть, только дети. Взрослые зачастую уже не могут верить ни во что. Так вот, про «черножопую суку» нянечки рассказывали мне просто и естественно, как про дождь или снег.

В шесть лет я перестал мечтать о маме. Я мечтал стать «ходячим». Ходячими были почти все. Даже те, кто еле-еле мог передвигаться на костылях. К ходячим относились гораздо лучше, чем к нам. Они были людьми. После выхода из детдома из них могли получиться нужные обществу люди – бухгалтеры, сапожники, швеи. Многие получали хорошее образование, «выбивались в люди». После выпуска из детдома они приезжали на дорогих машинах. Тогда нас собирали в большом зале, рассказывали, какую должность занимает бывший ученик нашей школы. Из рассказов выходило, что эти толстые дяди и тети всегда слушались старших, хорошо учились и добились всего своим умом и настойчивостью. Но они были ходячими! Какого рожна я должен был выслушивать их хвастливую болтовню, если я и так знаю, что нужно делать после того, как станешь ходячим? Как стать ходячим, никто не рассказывал.

В восемь я понял одну очень простую мысль: я один и никому не нужен. Взрослые и дети думают только о себе. Конечно, я знал, что где-то на другой планете существуют мамы, папы и дедушки с бабушками. Но это было так далеко и неубедительно, что я отнес все эти бредни к области звезд и материков.

В девять я понял, что ходить никогда не смогу. Это было очень печально. Накрылись дальние страны, звезды и прочие радости. Оставалась смерть. Долгая и бесполезная.

В десять – прочитал про камикадзе. Эти бравые парни несли смерть врагу. Одним беспосадочным полетом они отдавали Родине все долги за съеденный рис, за испачканные пеленки, за школьные тетради, за улыбки девочек, за солнце и звезды, за право каждый день видеть маму. Это мне подходило. Я понимал, что в самолет меня никто не посадит. Я мечтал о торпеде. Управляемой торпеде, начиненной взрывчаткой. Я мечтал тихо-тихо подкрасться к вражескому авианосцу и нажать на красную кнопку.

С тех пор прошло много лет. Я уже взрослый дядя и все понимаю. Может быть, это хорошо, а может, и не очень. Все понимающие люди часто бывают скучными и примитивными. Я не имею права желать смерти, ведь от меня зависит многое в судьбе моей семьи. Меня любят жена и дети, я тоже очень-очень их люблю. Но иногда, когда лежу ночью и не могу заснуть, я все-таки мечтаю о торпеде с красной кнопкой. Эта наивная детская мечта так и не оставила меня и, может быть, никогда не оставит.

# ПРАЗДНИК

Первое воспоминание. Я один, маленький, лежу в манеже. Кричу. Никто не подходит. Кричу долго. Манеж – обычная детская кровать с высокими решетчатыми бортами. Лежу на спине, мне больно и мокро. Стенки манежа завешены сплошным белым покрывалом. Никого. Перед глазами – белый потолок; если повернуть голову, можно долго смотреть на белое покрывало. Я ору и ору. Взрослые приходят по расписанию. Когда приходят, кричат на меня, кормят, меняют пеленки. Я люблю взрослых, они меня – нет. Пусть кричат, пусть перекладывают на неудобную кушетку. Мне все равно. Хочется, чтобы кто-нибудь пришел. Тогда можно увидеть другие манежи, стол, стулья и окно. Это все. Потом – кладут в манеж. Когда кладут, опять ору. На меня кричат. Они не хотят брать меня на руки, я не хочу в манеж. Сколько себя помню, всегда боялся, когда оставляли одного. Одного оставляли регулярно.

Первый и самый приятный запах – смесь запахов винного перегара и духов. Иногда приходили женщины в белых халатах, брали меня на руки. Бережно брали, не как всегда. Они называли это «праздник». От них вкусно пахло алкоголем. Меня несли куда-то, приносили в большую комнату со столом и стульями. Я сидел у кого-нибудь на коленях. Женщины передавали меня с рук на руки. Мне давали съесть что-нибудь вкусное. Но самым приятным было то, что я мог все видеть. Все вокруг. Лица людей, красивые тарелки на столах, бутылки и рюмки. Все пили вино, ели, разговаривали. Женщина, у которой я сидел на коленях, одной рукой очень бережно придерживала меня, другой проворно опрокидывала очередную порцию алкоголя, закусывала. Закуски были разные, от каждой она отщипывала маленький кусочек и клала мне в рот. Никто ни на кого не кричал. Тепло, уютно.

* * *

В детдоме пьянка. Нормальная пьянка, все прилично. Парни пьют водку, закусывают. Это старшеклассники. Быстро зашли после уроков в комнату, сели в углу, оставили кого-то «на стреме». Раскрыли консервы, выпили по кругу водки из одной кружки, наскоро закусили.

Внезапно заметили меня. Я лежал под кроватью в противоположном углу комнаты. Тело под кроватью, голова и плечи – наружу, передо мной книга. Читать, засунув ноги под кровать, очень удобно. Никто не потревожит.

– Рубен, ползи сюда.

Я откладываю книгу, ползу. Ползу медленно, но все терпеливо ждут. Подползаю.

– Водку пить будешь?

Вопрос риторический. Все понимают, что водку пить мне еще не положено. Водку пили только после двенадцати лет.

Все смеются. Смеются беззлобно, у всех хорошее настроение.

– Ладно тебе, Серега, оставь пацана в покое. Дай ему лучше похавать.

Серега, безногий парень, делает мне бутерброд из хлеба с колбасой. Чистит для меня дольки чеснока.

Парни допивают водку, прячут пустую бутылку. Закусывают. Я ем вместе со всеми. Хорошо. Всем хорошо. Праздник. Если бы не праздник, никто не заметил бы меня, тем более не стал бы делиться едой. Я – никто, салага.

После водки пьют чифир. Чифир заваривают в большой банке, медленно пьют по очереди. Мне чифир нельзя не только потому, что я еще маленький, – все знают, что у меня больное сердце.

Серега берет кружку из-под водки, быстро вскакивает на свою тележку, выезжает из комнаты. Возвращается с почти полной кружкой воды. В одной руке у него кружка, другой он бережно отталкивается от пола. Ставит кружку на пол, достает из тумбочки банку варенья и ложку.

Отливает из общей банки с чифиром немного в мою кружку, добавляет варенья. Варенье кладет не жалея.

— Вот, — говорит, — Рубен. Теперь у тебя чай с вареньем.

Парни пьют чифир, я — сладкий чай. Хорошо. Праздник.

# ЕДА

Есть я не любил. Если бы можно было, я бы предпочел таблетки из фантастических рассказов, выпил такую таблетку – и сытый весь день. Ел я плохо, меня уговаривали, кормили с ложки, – все было бесполезно.

Мне повезло, когда я был совсем маленький, то жил в небольшом детдоме в сельской местности. Кормили хорошо и вкусно, нянечки были добрыми, всегда следили, чтобы все дети покушали, заботились о нас.

Потом были другие детдома, другие нянечки, другая еда. Перловая каша, пряники с червяками, несвежие яйца. Было все. Но я буду писать не об этом.

Я ловлю себя на мысли, что с едой связаны мои лучшие воспоминания. Все самые лучшие моменты моего детства связаны с едой, вернее, с теми людьми, кто ею со мной делился, дарил мне ее как знак своего расположения. Это странно.

* * *

Не помню, где это было. Помню людей в белых халатах. Нас, детей, много, и мы все очень маленькие.

В комнату внесли ананас. В то время он показался мне очень большим и красивым. Его разрезали не сразу, дали нам полюбоваться. Похоже, взрослые и сами не решались разрушать такую красоту. Ананасы в России редкость.

Ананас всех разочаровал. Вернее, почти всех. Дети распробовали его резкий специфический вкус и отказались есть эти жгучие дольки. Ел один я. Помню разговор взрослых.

— Давай дадим ему еще.

— Да ты что, вдруг ему плохо станет?

— Ты его карточку видела? Его папа, небось, на этих ананасах вырос. Может, у них там ананасы, как у нас картошка.

Мне давали еще и еще. Наверное, взрослым было забавно, как этот странный ребенок может есть экзотический фрукт. Да и не могли они выкинуть столько добра. Я съел много ананасовых долек. Плохо мне не стало.

* * *

Меня привезли в мой первый детский дом. Не было людей в белых халатах, кроватей в несколько рядов. Зато было много детей и телевизор.

— Он что, совсем сидеть не может? Давай его на диван посадим и обложим подушками.

Меня посадили на диван, обложили подушками и покормили манной кашей с ложечки. От неожиданности я съел целую тарелку каши и заснул. Каша была очень вкусная. Детский дом мне понравился.

* * *

Больница. Ночь. Все спят. В палату забегает медсестра, включает ночник над моей кроватью. Она в нарядном платье, туфли на высоких каблуках, волосы завиты и свободно лежат на плечах. Низко нагибается ко мне. У нее очень большие счастливые глаза. От нее пахнет духами и еще чем-то домашним, не больницей.

— Открой рот, закрой глаза.

Я подчиняюсь. Она кладет мне в рот большую шоколадную конфету. Я знаю, как надо есть шоколадные конфеты. Надо взять шоколадную конфету в руку и откусывать по маленькому кусочку. К тому же хочется получше рассмотреть эту конфету.

— Раскуси и съешь. Понял?

Я киваю.

Она выключает ночник и убегает. Я раскусываю конфету. Мой рот наполняется чем-то сладким и жгучим. Я жую шоколад, у меня почему-то кружится голова. Мне хорошо. Я счастлив.

* * *

Меня привозят в очередной детдом. Я ползу по коридору, навстречу мне идет нянечка. В коридоре

29

темно, и она не сразу замечает меня. Когда она подходит совсем близко, то вдруг вскрикивает и отскакивает от меня. Потом подходит поближе, нагибается, чтобы получше меня рассмотреть. У меня смуглая кожа, я побрит наголо. С первого взгляда в полумраке коридора можно разглядеть только глаза, большие глаза, висящие в воздухе в пятнадцати сантиметрах над полом.

– А худющий-то какой. Кожа да кости. Как из Бухенвальда.

Я действительно не очень толстый. Там, откуда меня привезли, не очень хорошо кормили, к тому же я плохо сл.

Она уходит. Возвращается через пару минут и кладет на пол передо мной кусок хлеба с салом. Я вижу сало первый раз в жизни, поэтому сначала съедаю сало, затем хлеб. Мне вдруг становится тепло и уютно, и я засыпаю.

* * *

Пасха. Все нянечки празднично одеты. Ощущение праздника во всем. В том, что нянечки так по-особенному добры к нам, в настороженности воспитателей. Я ничего не понимаю. Ведь во время праздников по телевизору показывают парады и демонстрации. Парадов нет только на Новый год. Но на Новый год есть елка и подарки.

После завтрака нянечка раздает нам по крашеному яйцу. Внутри яйцо такое же белое, как и обычное. Я съедаю пасхальное яйцо. Оно очень вкусное, гораздо вкуснее яиц, которые нам дают в детдоме. Детдомовские яйца переваренные, жесткие, а это мягкое и очень-очень вкусное.

Как ни странно, но где бы я ни был, в детдоме ли, в больнице или в доме престарелых, какая-нибудь добрая душа всегда давала мне на Пасху крашеное яйцо. И это просто здорово.

* * *

В России существует обычай поминать умерших угощением. На сороковой день после смерти родственникам следует делиться едой, причем не просто угощать кого попало, а самых несчастных. Чем несчастнее накормленный, тем более ты угодил умершему, тем больше твоя заслуга перед Богом. А где их было взять, несчастных, в самой счастливой стране мира? Вот и шли к воротам нашего детдома бедолаги с сумками, корзинками и пакетами. Несли конфеты, печенье, булочки. Несли пирожки и блины – все, что могли. Неутомимые воспитатели прогоняли их, чаще всего безуспешно.

Нянечки же наши, пользуясь своим служебным положением, проносили через ворота детдома «поминальное», несмотря на строгие запреты.

Больше всего везло нянечкам, работающим с нами, неходячими. Нас кормили отдельно, воспитатели были далеко. Одна нянечка ухитрилась пронести через проходную кастрюлю фруктового киселя. К тому же мы были самыми несчастными. Конфеты, скормленные нам, ценились гораздо выше.

Мы же, со своей стороны, знали, что за «поминальное» нельзя говорить «спасибо», что, когда тебя угощают, нельзя улыбаться.

Я лежал в саду. Садом мы называли несколько яблонь, росших возле здания детдома. Ползти до сада мне пришлось долго, я устал и лежал на спине, отдыхая. Все ходячие были далеко, может, смотрели в клубе кино, может, их повели куда-то – не помню. Я лежал и ждал, что какое-нибудь яблоко упадет недалеко от меня. Но повезло мне гораздо больше.

Сухощавая старушка лезла через забор. Забор был двухметровый, но бабушку это не остановило. Она быстро спрыгнула с него, огляделась по сторонам и подошла ко мне. Деловито оглядев мои руки и ноги, она недоверчиво спросила: «Сирота, небось?» Я кивнул. Такого везения она не ожидала: скрюченные ноги и руки, да к тому же и сирота. Она поставила на землю свою корзинку, откинула полотенце, прикрывавшее содержимое, достала оттуда блин, дала мне и скомандовала: «Ешь». Я стал быстро есть блины, она торопила меня и все повторяла: «Тетку Варвару поминай, тетку Варвару». Но все хорошее быстро кончается. Из-за угла уже шла воспитательница.

– Почему посторонние на территории? Кто пустил? Что вы тут делаете?

И уже мне:

– Что ты делаешь?

Что я делал? Я жевал третий блин. Жевал быстро, потому что в руке у меня было еще полблина и я хотел успеть доесть все.

Шустрая бабушка уже подхватила свою корзинку и сиганула через забор. Я быстро доел блин. Воспитательница постояла, улыбнулась чему-то и ушла.

Это были первые блины в моей жизни.


* * *


В очередной раз меня перевозят из детдома в детдом. Праздник начинается уже на вокзале, мне дают мороженое и ситро. Мороженое большое и покрыто шоколадом. Как только поезд трогается с места, нянечка и медсестра уходят, как они выражаются, «гулять». «А шо, пошли погуляем». Возвращаются с двумя грузинами. Один грузин старый, седой, другой чуть помоложе. Все пьют водку, им весело. Мне отрезают большой кусок колбасы, дают яйца, ситро. Седой грузин режет и режет колбасу, делает бутерброды и все говорит мне: «Ты ешь, ешь, дети должны хорошо кушать». Еды очень много, и ее никто не считает. Темнеет, можно сколько угодно смотреть в окно, есть колбасу. Хочется ехать и ехать, смотреть в окно. Я думаю о том, что, если дать всем взрослым на земле много водки и колбасы, они будут добрые и все дети будут счастливы.

* * *

Я - в своем последнем и самом лучшем в мире детдоме. Передо мной завтрак: немного картофельного пюре, половинка помидора, булочка с маслом и чай. Я точно знаю, что сегодня не праздник, но почему тогда дали картофель? Я пробую чай - он сладкий. Свежий помидор - вообще деликатес. Я съедаю все и понимаю, что мне фантастически повезло, я попал в рай.

* * *

Мы с Катей живем в полуподвальном помещении, потому что ее родители не хотят признавать наш брак. Это квартира моей учительницы - одной из добрейших на земле женщин. Она поселила нас в своей квартире, а сама пошла жить на дачу.

По дороге из университета Катя покупает пельмени. Она варит всю пачку сразу. Я знаю, что такое пельмени. Нам давали их в детдоме по четыре штуки на брата.

– По сколько будем есть? – спрашиваю я Катю. Она странно смотрит на меня:

– Вы их что, считали?

Она накладывает нам пельмени. Катя съедает тарелку пельменей, я не могу осилить больше шести штук. Я понимаю, что в этом странном, неказенном мире пельмени не считают.

– Воду из-под пельменей не выливай, – деловито советую я Кате. – Из нее можно суп сварить.

Через несколько дней в гостях у родителей Катя ест пельмени. Ее мама берет со стола кастрюлю с пельменным бульоном и хочет выйти из кухни.

– Мама, воду не выливай, из нее можно суп сварить, – машинально говорит Катя.

На следующий день, когда Катя уходит на занятия в университет, ее мама тихонечко подходит к нашему жилищу и кладет под двери сырую курицу. Лед сломан.


* * *


Когда Катя уходит на работу, я остаюсь один на один с очаровательнейшей из женщин. Мы живем в одной квартире с ее бабушкой.

Она заходит в мою комнату, садится напротив:

– Ну, че, когда сдохнешь?

– Что вы, – отвечаю я. – Когда надо, тогда и сдохну. Вы вот тоже уже не молоденькая. Или вы вечно жить собираетесь?

– И зачем ты такой нужен, без рук, без ног? Гвоздя вбить не можешь.

– У вас химический карандаш есть?

– Есть.

– Вы пройдитесь по квартире и везде, где вам гвозди нужны, поставьте точки. Поверьте, гвозди будут вбиты.

Так в задушевных беседах мы коротаем время. Бабушка рассказывает мне о своей молодости, о родственниках. Из ее рассказов выходит, что вся ее родня – подлецы и мерзавцы.

Через некоторое время она идет на кухню, гремит посудой. Приходит.

– Рубен. Я тут борща сварила. Жрать будешь или боишься, что отравлю?

– Давайте борщ, а отравиться я не боюсь – и не такое ел.

Она приносит мне борщ. Борщ очень вкусный. На дне тарелки – большой кусок утиного мяса.

* * *

Когда Алла была беременной, мы жили совсем плохо. Алла ела хлеб с перетопленным жиром. Я жир есть не мог, ел хлеб с подсолнеч-

36

ным маслом. (В детдоме хлеб, политый подсолнечным маслом, посыпанный солью, считался лакомством.) В тот год у меня впервые в жизни заболел желудок. Еще мы варили гороховый суп. Суп Алла не ест, я ел его один. Мне было в сто раз легче, чем ей, я мог есть суп и не был беременным. Когда родилась Майя, Алла решила выкармливать ее грудью. Естественное кормление очень полезно. Но Майя плохо ела. Молоко у Аллы было зеленоватого цвета. И какашки у Майи были с зеленью. Все это время Алла питалась одной картошкой. Алла – здоровый человек, ей нужно во много раз больше еды, чем мне. То, что она может съесть за раз, я съем за день. Мы решили, что перевести Майю на искусственное питание будет дешевле, чем обеспечить нормальное питание Алле.

* * *

Пришел знакомый.
– Как живешь?
– Нормально.
– Что ешь?
– Гороховый суп.
– С картошкой?
– Конечно.
– А мы вторую неделю едим гороховый суп без картошки.

37

Я ем гороховый суп всего три дня. У меня есть мешок картошки.

* * *

Майе полтора года. Она отказалась есть кашу. Я беру, спокойно доедаю. Майя просила сначала колбаски, потом пряников. Нет ни того ни другого, но дело не в этом. Если ты голоден, будешь есть все, нет – ходи так (детдомовское правило). Майя ходит по квартире, думает. Потом спокойно подходит к Алле и говорит: «Мама, свари картошки». Мы едим картошку с солью и подсолнечным маслом, и я вспоминаю, как в детдоме мы варили картошку после отбоя при помощи самодельного кипятильника. То, к чему я пришел лет в пятнадцать (варить картошку могли только старшеклассники), Майя имела уже с рождения.

* * *

Алла приводит Майю из садика. Смеется. Встретила повариху. Та с гордостью рассказывает, что сегодня в садике на обед была курица. «Жирная такая, большая, всем досталось по кусочку». В садике больше ста детей. Курица была одна, вернее, полторы. Я смеюсь тоже.

Я рад, что Майя ходит в садик. Там у нее много друзей, они все вместе лепят из пластилина, рисуют красками. К тому же, приходя из садика, Майя ест все, что ей дадут, и не выделывается.

* * *

По пути из садика Майя просит Аллу купить ей сухариков. Обычные ванильные сухарики.

– Да что ты, у нас сейчас есть деньги, хочешь, я куплю тебе пирожное или еще что-нибудь?

– Нет, сухарики.

Алла покупает сухарики. Майя садится за стол и весь вечер грызет свои сухари. Оказывается, им на полдник дали по сухарику, а Майе хотелось еще. Нам в детдоме давали по два сухарика.

* * *

Когда я жил в доме престарелых, меня поразила одна вещь. В столовой после обеда раздавали кости. Обычные говяжьи кости из супа. Кости полагались только ветеранам войны. С костей было тщательно срезано мясо, но при достаточной ловкости что-то еще можно было срезать. Ветераны толпились перед окошком раздачи, ругались, перечисляли заслуги и звания. Недавно я спросил своего знакомого из интерната, как там кости, все еще раздают?

– Да что ты. На костях уже давно ничего не варят. Нет костей.

# НЯНЕЧКИ

Их было мало. Настоящие нянечки, именно няни, заботливые и ласковые. Я не помню их имен, вернее, не помню всех имен всех добрых нянечек. Между собой мы делили их на «злых» и «добрых». В том, детском, мире грань между добром и злом казалась отчетливой и простой. Долгое время я не могу избавиться от дурной детдомовской привычки делить всех людей на своих и чужих, умных и глупых, добрых и злых. Что делать? Я там вырос. Там, где грань между жизнью и смертью тонка, где подлость и мерзость были нормой. Нормой также были искренность и доброта. Все вперемешку. Наверное, необходимость каждый раз делать выбор между плохим и хорошим и породила во мне эту категоричность.

Хорошие нянечки были верующими. Все. Вот написал и опять поделил людей на категории. Никуда мне от этого не деться.

Верить было запрещено. Нам говорили, что Бога нет. Атеизм был нормой. Сейчас в это мало кто поверит, но так было. Не знаю, были ли среди учителей верующие люди. Наверное, были. Учителям было запрещено говорить с нами об этом. За крестное знамение или пасхальное яйцо учителя могли выгнать с работы, нянечку – нет.

Зарплата у нянечек была маленькая, работы много. Желающих мыть полы и менять штаны детям было мало. На верующих нянечек просто закрывали глаза. И они верили. Верили, несмотря ни на что. Долго молились во время ночных дежурств, зажигая принесенную с собой свечку. Крестили нас на ночь. На Пасху приносили нам крашеные яйца и блины. Приносить продукты в детдом было запрещено, но что могло поделать строгое начальство с неграмотными женщинами?

Хороших нянечек было мало. Я помню их всех. Сейчас же постараюсь рассказать об одной из них. Это действительная история, рассказанная мне нянечкой. Постараюсь пересказать то, что сохранила детская память, насколько возможно точно.

* * *

«Я здесь уже давно работаю. Когда пришла, посмотрела, а тут детки маленькие, кто без ножек, кто без ручек. И все грязные. Его помоешь, а он по полу поползает – и опять грязный. Кого с ложки кормить надо, кого подмывать каждый час. Уставала очень. В первое ночное дежурство ни на минуту не прилегла. Еще новенького привезли, он всю ночь маму звал. Я к нему на кровать присела, взяла его за руку, так и просидела над ним до утра. И все плакала, плакала. А наутро

41

пошла к батюшке благословения просить, чтобы уволиться. Не могу, говорю, на это смотреть, всех жалко, душа разрывается. А батюшка благословения и не дал. Говорит, что это теперь крест твой до конца дней. Я уж его так просила, так просила. А потом поработала, притерпелась. Но все равно тяжело. Я имена всех деток, за кем ухаживала, на бумажку выписываю. У меня дома тетрадка есть, так я туда всех вас записываю. И за каждого на Пасху свечку ставлю. Много свечек уже получается, дорого, но я все равно за каждого ставлю и за каждого «Отче Наш» читаю. Потому что за всех невинных деток Господь вслсл молиться. А у тебя имя какое-то странное, Рубен, армянин, наверное. Армяне – христиане, это я точно знаю. Не армянин, говоришь? То-то я сразу и подумала, что раз родители к нему не приезжают, то басурмане какие-то. Крещеная душа дитя своего не оставит. Суки они, прости меня Господи, дуру старую, тут и не захочешь, а согрешишь. А ты у меня будешь в тетрадке без фамилии записан. Фамилия у тебя какая-то чудная, я и записать не сумею. Все с фамилиями записаны, а ты без. На молитве только имя читать положено, но все равно нехорошо, что без фамилии».

Что добавить к этому рассказу? Я вырос, прочитал кучу разных книжек и кажусь себе очень умным. Спасибо учителям, научившим меня читать.

Спасибо советскому государству, вырастившему меня. Спасибо умным американцам, создавшим компьютер, за возможность печатать этот текст указательным пальцем левой руки.

Спасибо всем добрым нянечкам за то, что научили меня доброте, за то тепло в душе, что я пронес через все испытания. Спасибо за то, что не выразить словами, не просчитать на компьютере и не измерить. Спасибо за любовь и христианское милосердие, за то, что я католик, за деток моих. За все.

# ПАЦАНЫ

В палате нас было десять человек. Вернее – девять. Вовочку мы не считали. Вовочка не говорил. Он не мог ничего, только кушал и какал. Просыпались мы часто от его крика. Он, как всегда, хотел есть. Есть он мог много, сколько дадут. Давали как всем, но ему не хватало, и он кричал. Двенадцатилетний младенец.

Еще были я и Василек. Васильку было на вид лет двадцать. У него были парализованы ноги. Здоров он был как бык. Вернее, как многие умственно отсталые люди. Как-то раз он ухватил за ногу дразнившую его нянечку – она не смогла вырваться, и на ноге у нее еще долго не заживал синяк. Нянечки дразнили его, безобидного бугая, шлепали по спине походя или говорили что-нибудь сальное, а он потом шумно дрочил всю ночь, давая повод для новых шуточек. Впрочем, относились они к нему хорошо, двойную порцию накладывали всегда.

Я – девятилетний мальчик. Представьте себе парализованного человечка. Он лежит локтями на полу и раскачивается из стороны в сторону. Он что-то делает, но вы еще не понимаете что. Он ползет. Ползал я быстро, за полчаса мог проползти метров триста, если бы не уставал. Но через каждые десять-пятнадцать метров приходилось отдыхать. Но я мог ползать! Ползать в палате могли только я и Василек – это и отличало нас от остальных.

Их было семеро. Всех имен не помню. Да и не полагалось мне знать их имена. Только Сашка Поддубный мог сидеть, и по утрам нянечки сажали его на пол перед низеньким столиком. Остальные лежали на кроватях круглые сутки. Их называли «пацаны». Уважение к ним в детдоме было абсолютное, даже пахан детдома приходил к ним советоваться. Только у нас в комнате стоял телевизор, и мы могли смотреть его, когда захотим.

Я в эту палату попал случайно. Когда меня привезли, как раз один пацан умер. Это была несчастливая койка номер три. До меня на ней спали трое, и все умерли. Никто не хотел ее занимать, а я был новенький. Потом меня хотели перевести в другую палату, но Сашка Поддубный попросил, и меня оставили. Это отдельная история.

* * *

Как-то Сашка захотел в туалет, а Василька не было в комнате.

У меня был выбор: ползти за нянечкой или попробовать помочь ему самостоятельно. Я взял резинку его шаровар в зубы, оттянул, пододвинул горшок, и он пописал. Теперь, по негласному закону детдома, я мог тоже его попросить о чем-нибудь. Набравшись наглости, я попросил его дать почитать одну из его книг. Книг у него было много. Он постоянно что-то читал или переводил с немецкого.

— Возьми «Три мушкетера».

— «Три мушкетера» я уже читал, и она детская, дай «Солярис».

— Ты ничего в ней не поймешь.

— Пойму.

— Ты упрямый, это хорошо. Возьми «Солярис», потом расскажешь, что понял.

Я прочел «Солярис» за воскресенье. Когда Саша спросил меня, что я понял из книги, я ответил: главному герою незачем было лететь, ведь с женщиной надо было разбираться раньше и на Земле. Саша сказал, что я еще маленький и ничего не понимаю. Но книги с тех пор стал мне давать. В общем, мне повезло. Пацаны относились ко мне хорошо.


* * *


К нам пришли шефы. Шефами у нас были студенты из пединститута.

Нас собрали в актовом зале, шефы попели нам песенки и ушли. Вернее, ушли не все. По плану шефской помощи студенты должны были проводить с нами какие-то мероприятия, помогать делать уроки и так далее. Но большинство смотрело на нас как на прокаженных. Это выражение «как на прокаженных» я вычитал потом, и оно мне очень понравилось. А как еще можно передать выпученные глаза и плохо скрываемое отвращение?

Но некоторые приходили. Как ни странно, это были студентки, звезд с неба не хватавшие. Природная доброта и жалость, а может быть, любопытство приводили их к нам снова и снова.

Одна такая девочка зашла и к нам:

– Мальчики, вам чем-нибудь помочь?

– Чифир будешь пить?

– Что?

– Чай крепкий.

– Буду.

– Тогда достань у меня из-под матраца кипятильник, банку из тумбочки, сходи за водой и заряди все это под кроватью.

Это говорил Вовка Москва. Кличка такая у него была: Москва. Почему – не знаю.

Эта студентка была у нас несколько раз, пацаны угощали ее шоколадными конфетами, травили анекдоты. С ней было хорошо и весело.

Как-то раз она задержалась у нас, и ей было пора идти. Отпускать ее никому, конечно, не хотелось.

– Мальчики, ну мне надо еще физику делать и математику, а списать сразу не дадут.

– Ты на каком курсе?

– На втором.

– Учебник с собой?

– В сумке.

– Доставай, читай задание.

А это говорил Генка с угловой койки.

Достала, села читать.

– Но я тут ничего не понимаю.

– Я тоже. Я только год вышку учу. Читай вслух.

– А формулы?

– И формулы читай.

Она читала свой учебник, мы радовались, что она еще не уходит, и не сомневались, что Генка решит все ее задачи.

Она читала долго, а потом Генка велел ей сесть за стол и писать.

– Но ты же не видишь, что я пишу!

– Но ты видишь?

– Вижу.

– Ну и пиши.

Он продиктовал ей решения всех ее задач и замолчал.

– А можно я с ответом сверю? Тут у меня ответы выписаны.

– Сверяй.

– Все сошлось! Но как ты это? Не глядя в тетрадку. Ты ведь такой маленький!

Генка весил килограмм десять. Кроме того, что он не мог ходить, у него что-то еще было с щитовидкой, он не рос. Обычно его накрывали до подбородка одеялом, и из-под одеяла выглядывало личико восьмилетнего мальчика. Впрочем, это было и к лучшему. Его иногда выносили на улицу. Мы с Васильком могли выползать на асфальт сами, а остальные улицы не видели.

— Мне восемнадцать. Я такой же маленький, как и ты.

— Ой, мальчики (она называла их «мальчики», больше их так никто не называл). А я думала, вы еще в школе учитесь.

— Официально учимся. Второгодники. А некоторые по два года в одном классе сидели. Это просто у нас директор детдома добрый. Не хочет нас в дом престарелых отвозить. Там за нами ухаживать будет некому, и мы умрем.

— А чего же вы в институт не поступите? Вы же там отличниками были бы.

— В институт только ходячих берут.

Она быстро-быстро засобиралась и ушла. Я выполз в коридор. Шел дождь, и я хотел поползти к выходу.

Было прохладно — поздняя осень или ранняя весна. Входные двери не закрывали, и я любил подползать к самому выходу, смотреть на дождь. Редкие капли дождя попадали внутрь, падали на меня. Было хорошо и грустно.

Но в тот раз мое место у двери было занято. Тяжело опираясь на косяк, стояла та самая студентка и жадно, взатяг, курила. И плакала. Я не помню, в чем она была одета. Помню только туфли на каблуках. Она была очень красивая. Мне показалось, что такой красивой девушки я никогда больше не увижу. Она курила и плакала. Потом докурила и пошла под дождь. Без плаща и зонтика.

Больше она к нам не приходила.

* * *

Приехала комиссия из Москвы. Директору влепили выговор, всех пацанов отвезли в дом престарелых. Их воспитатель пришла в наш класс: «Теперь я буду у вас работать до самого выпуска». Я пошел в пятый класс, начальная группа закончилась, и теперь нам полагался «свой» классный руководитель и «своя» воспитательница.

Через месяц после того, как пацанов отвезли в дом престарелых, она поехала навестить «своих» подопечных. Приехала и рассказала все нам.

Из восьми человек выжил один Генка. Дом престарелых состоял из отдельных помещений барачного типа. Престарелые и инвалиды были рассортированы по степени инвалидности. «Наши» лежали в отдельном бараке с доходягами. Вдоль стен тянулись ряды кроватей, с которых стекала моча. К ним никто не подходил. Воспитательница привезла им компот-ассорти в больших банках. Про Генку она сказала: «Злой

50

какой-то. А компот заберите, все равно ходячие съедят».

Я спросил ее, что будет со мной, когда я вырасту. Меня тоже отвезут в дом престарелых и я умру?

— Конечно.

— Но мне тогда будет пятнадцать, я не хочу умирать так рано. Выходит, все зря? Зачем же тогда учиться?

— Ничего не зря. Учиться вы должны потому, что вас кормят бесплатно. И вообще, ты уроки выучил?

С тех пор я очень изменился. По малейшему поводу у меня наворачивались слезы, и я плакал. Не помогали ни уговоры, ни угрозы. Я кричал в голос.

Мне вызвали врача. Пришел молоденький парнишка, присел ко мне на пол, улыбнулся и что-то спросил. Я улыбнулся ему в ответ. Я не хотел с ним разговаривать. Но пришлось.

— Почему ты часто плачешь?

— Я не часто плачу.

— Почему ты плакал вчера?

— Я полз, ударился головой и заплакал.

— Я тебе не верю. Мне все рассказала твоя воспитательница. Ты все время плачешь. Это ненормально. Почему ты не хочешь со мной говорить?

— Потому что вы психиатр. Они все такие добрые сначала, а потом забирают в больницу.

А в больнице колют уколы и дают такие таблетки, чтобы ты стал как Василек.

— Кто тебе сказал эту ерунду? Никто тебя не заберет. Кто такой Василек?

— Про больницу мне Вовка Москва рассказал.

— И где сейчас этот твой Вовка?

— Умер. Они все умерли. Они были добрые и умные. А Сашка Поддубный давал мне свои книжки читать. Теперь их нет, а Василек живой. Его в другой интернат отвезли, хороший, потому что он ползать может и сам в туалет ходить.

— Кто тебе рассказал, что они все умерли?

— Воспитательница. А еще она мне сказала, что меня тоже отвезут, когда мне будет пятнадцать. Сейчас мне десять.

Улыбающаяся воспитательница недоуменно смотрит на врача и говорит: «Ну и что? Что тут такого? Я это всему классу рассказывала». Врач закурил. Я впервые видел, как взрослый человек курит прямо в палате. Он мне почему-то нравился.

— Ты меня боишься?

— Да.

Он был совсем не злой. Докурил, посмотрел на меня и ушел.

А Генка умер очень скоро.

# АМЕРИКА

Страну эту полагалось ненавидеть. Так было принято. Ненавидеть следовало все капиталистические страны, но Америку особенно. В Америке жили враги, буржуи, пьющие кровь рабочего класса. Американский империализм готовил для нас атомную бомбу. Рабочие в Америке постоянно голодали и умирали, перед посольством Советского Союза в США нескончаемым потоком лилась очередь желающих сменить гражданство. Так нас учили, мы верили.

Я Америку любил, любил с девяти лет. Именно в девять лет мне рассказали, что в Америке инвалидов нет. Их убивают. Всех. Если в семье рождается инвалид, врач делает ребенку смертельный укол.

— Теперь вы понимаете, дети, как вам повезло родиться в нашей стране? В Советском Союзе детей-инвалидов не убивают. Вас учат, лечат и кормят бесплатно. Вы должны хорошо учиться, получить нужную профессию.

Я не хочу, чтобы меня кормили бесплатно, я никогда не смогу получить нужную профессию. Я хочу укол, смертельный укол. Я хочу в Америку.

# ДЕБИЛ

Я дебил. Это не обидное прозвище, просто констатация факта. Уровень моего интеллекта недостаточно высок для самостоятельного существования, элементарного выживания. С детства знаю, что дебильность бывает компенсированная и некомпенсированная. Компенсированная дебильность – умственная недостаточность, при которой человек способен жить в обществе без посторонней помощи. В качестве стандартного примера компепсированной дебильности обычно приводят людей с ментальными проблемами, которых усилиями педагогов и медиков удалось обучить профессии маляра или дворника. Педагоги научили меня решать сложные уравнения, медики старательно пичкали лекарствами, заботливо накладывали жесткие гипсовые повязки – их усилия оказались напрасными. Я до сих пор не в состоянии поднять малярную кисть.

***

Одно из первых воспоминаний детства – подслушанный разговор взрослых.

– Ты говоришь, что он умный. Но он же ходить не может!

С тех пор ничего не изменилось. Всю мою жизнь о моей инвалидности говорили как о возможности или невозможности производить механические действия: ходить, есть, пить, пользоваться туалетом. Но самое главное оставалось всегда самым главным: я не мог ходить. Остальное взрослых почти никогда не интересовало. Не можешь ходить, ты – дебил.

Очередной детдом, очередное переселение. В тот детский дом меня перевезли из клиники, где два года безуспешно пытались поставить на ноги. Лечение было простым. Мои согнутые в коленях ноги загипсовали, затем периодически разрезали гипс в нужных местах, давили на суставы и фиксировали ноги в новом положении. Через полтора года ноги стали прямыми. Меня попытались поставить на костыли, поняли, что это бесполезно, и выписали. В процессе лечения ноги постоянно болели, я плохо соображал. По закону каждый школьник Советского Союза имел право на образование, те, кто мог, посещали школьные классы при клинике, к остальным учитель приходил прямо в палату. Ко мне тоже пару раз приходила учительница, но, убедившись в моей непроходимой тупости, оставила меня в покое. Учителя жалели бедное дите и ставили мне по всем предметам оценку «посредственно». Так я и переходил из в класса в класс.

В клинику меня взяли из второго класса, из клиники выписали в четвертый. Все нормально, все по закону. Принесли в класс, положили на пол.

Шел урок математики. Мне повезло. Именно в тот день классу давали контрольную работу. Контрольная работа по математике – вещь ответственная, под такое серьезное мероприятие педагогический совет школы выделил два урока подряд, по сорок пять минут каждый.

Учительница задала мне пару вопросов, выяснила, что мальчика необходимо перевести во второй класс, и успокоилась. Позвала нянечку, распорядилась отнести меня в спальный корпус.

Пришла нянечка. Посмотрела на меня:

– Я ж его только что носила, опять носить? Я вам не лошадь, у меня тоже права есть. Тоже мне, грамотные. Они не разобрались, а мне надрываться? Я, может быть, если бы не война, тоже учительницей стала.

Нянечка говорила все громче, учительница внимательно выслушала ее и наконец смирилась. Очень вежливо она попросила нянечку выйти, извинилась перед ней за причиненное беспокойство. Нянечка ушла, можно было начинать контрольную работу.

Учительница быстро писала на доске задания. Дописала, села за стол.

Я смотрел на доску и ничего не понимал. Вместе с цифрами в задачах стояли буквы. Что такое плюс и минус, я знал хорошо – до клиники я учился лучше всех, – но знаки умножения казались простыми описками.

– Здесь ошибка в примерах, – начал я без предупреждения. – Почему вы написали буквы вместе с цифрами? Нельзя же складывать буквы.

– Это не ошибка. Эти буквы на самом деле цифры обозначают. Какие именно цифры стоят вместо букв, нам и нужно найти. Это называется решить уравнение.

– Получается, если один плюс «ха» равен трем, «ха» равно двум? Это как в головоломке в журнале.

– Не «ха», а «икс». Но, в общем, ты прав.

– А почему тогда во втором примере «икс» написан между двумя цифрами?

– Это не «икс», это знак умножения. Он пишется либо как точка, либо как русская буква «ха». На доске я написала знак умножения крестиком, чтобы его лучше было видно тем, кто сидит на задних партах.

Что такое умножение, я не знал. Врачей в больнице почему-то больше всего на свете беспокоило, сколько будет дважды два, трижды три. Если я отвечал неправильно, они громко смеялись, называли правильный ответ, иногда давали мне конфету или печенье. Если бы они сразу объяснили, что умножение есть последовательное сложение, легче бы мне от этого не стало. Ноги болели сильно, врачей я не любил.

Учительница объясняет мне про умножение.

– Зачем я тебе все это объясняю? – продолжает учительница. – Ты даже таблицы умножения не знаешь.

– Знаю, но только до пяти. Еще помню, что шестью шесть – тридцать шесть.

– А семью восемь?

– Сейчас.

Я начинаю вслух складывать цифры. Даю правильный ответ.

– Молодец, – хвалит меня учительница.

– Это просто, – говорю я, – когда вы объясняете, все просто. Расскажите еще.

– Ты не поймешь.

– Пойму. Вы же сами сказали, что я молодец.

Учительница бодро подходит к доске и начинает урок. Она пишет и пишет. Время от времени останавливается и переспрашивает: «Понял?» Я все понимаю. Она рассказывает мне математику, я перебиваю ее речь вопросами. Дальше, прошу я, дальше. Мы улыбаемся друг другу. Все так просто.

– Все. Это все. Я рассказала тебе все, что ты должен знать на сегодня как ученик четвертого класса.

– Я могу писать контрольную работу?

– Не уверена в успехе, но попробуй.

Я пробую.

Два часа проходят очень быстро, класс сдает контрольные работы. Учительница нагибается, берет у меня листок бумаги, быстро просматривает. Смотрит на меня. У нее холодный и чужой взгляд, не такой, как недавно у доски. Я все понимаю.

Быть дебилом не так уж и трудно. Все смотрят мимо тебя, не замечают. Ты – не человек, ничто. Но иногда из-за природной доброты или по профессиональной необходимости собеседник выясняет, что внутри ты такой же, как и все. В одно мгновение безразличие сменяется восхищением, восхищение – глухим отчаянием перед реальностью.

Я не смотрю на учительницу. Все они одинаковые. Уверен, что в этот момент она думает о том же, что и все на ее месте, – про мои ноги. Ноги – главное, а математика – это так, ерунда, развлечение.

# САША

Мы знакомы лет с пяти. Он обижал меня. Потом мы подружились. Его мама часто угощала меня конфетами, а один раз подарила заводную игрушку. Властная, сильная и очень добрая женщина, она воспитала хорошего сына. Совсем недавно – лет пять назад – я узнал, что она хотела усыновить меня. Ей не дали. Когда я, уже взрослый человек, спросил ее зачем, она все поняла и просто ответила:

– Саше было бы не так скучно. Вы бы играли вместе. Ты бы в институт поступил, ты же умный, не то что мой оболтус. Я бы из тебя профессора сделала.

Я смотрел в глаза этой умной русской женщине и верил, что, если бы ей разрешили, она бы пробила все стены, прошла все испытания, носила бы меня на руках на лекции, но сделала бы из того черноглазого испанского мальчика профессора математики. Не врач и не педагог, она разглядела в глазах пятилетнего мальчика то, что многочисленные медицинские комиссии будут безуспешно пытаться распознать. Я знаю, что она не стала бы читать мои диагнозы об «остаточной деятельности мозга» или «дебильности». Она видела мои глаза.

Но писать я буду о Саше, ее сыне. О мальчике, у которого была мама.

Я плохо помню то далекое детство, когда мы были малышами. По-настоящему я узнал Сашу, когда судьба свела нас в очередном из моих детдомов.

Он полз по коридору и пел:

...Выходят на арену силачи
И цепи рвут движением плеча.

Саша сильно отличался от нас. Его мама, большой начальник в торговой системе, воспитывала его просто. Она брала его с собой на работу и показывала ему действительную сторону жизни. Он знал все про счета, накладные, как распределяется дефицит и почему нам на завтрак дали мало каши.

Он полз по коридору и пел. Голос у него был громкий, слышно было далеко. Громко здоровался с идущими навстречу нянечками или учителями. Он называл их «персонал».

Его поздно отдали в школу, мама потратила много времени и сил, чтобы попытаться его вылечить. Как и все мамы, она хотела видеть своего сына здоровым и счастливым. Так что он был гораздо старше своих одноклассников.

Меня коробила его манера громко петь. Мне не нравилось, как он разговаривал с нянечками. Очень часто он говорил им «ты». «Ты,

Маня, не жилься, побольше каши клади. И пацану подложи. Ты думаешь, если у него родителей нет и заступиться за него некому, так его вообще кормить не надо?» Я еще не понимал тогда, что за нарочитой грубостью он прятал свое смущение. Я считал нянечек полубогами, а он в ответ на матерную брань или хамство мог ответить тем же.

Ничего я тогда не понимал.

* * *

Саше прислали посылку. Сашина мама понимала, что жизнь в детдоме не мед, и слала ему огромные посылки с продуктами. Любящая мать, она хотела, чтобы у Саши были друзья, чтобы он мог учиться в школе, поэтому и привезла его в детдом. Она забирала его домой на все школьные каникулы и на лето, а его детдомовскую жизнь скрашивала как могла: слала посылки, оставляла ему деньги.

Мамы были разные. Совсем глупые мамы привозили и присылали детям конфеты. Умные мамы привозили сало, чеснок, домашние консервы, – в общем, нормальную еду.

Сашина мама была не просто умной мамой, она была еще и большим начальником. Она присылала роскошные посылки с шоколадом и тушенкой, консервированными ананасами и соком авокадо.

В тот день ему прислали сразу две посылки по одиннадцать килограмм каждая. Этим весом Саша гордился особо.

— По правилам советской почты, частным лицам разрешены посылки весом в десять килограмм, но... (тут он делал паузу) в исключительных случаях принимаются посылки весом до одиннадцати килограмм.

Мы ничего не понимали тогда в почтовых правилах, но радость Сашину разделяли полностью. Чем больше посылка, тем лучше, это понятно.

Воспитательница принесла ему две посылки, тяжело пыхтя и ругая чадолюбивых родителей:

— Саша, по правилам детского дома я могу выдать тебе за один раз не более двухсот грамм продуктов. Ваш рацион сбалансирован, и переедать вредно. Предварительно я должна убедиться в их качестве.

Зря она это сказала.

— А проверять вы будете специальным прибором или, извините, на вкус? Прибора я что-то не вижу. Тогда договоримся так. Вы проверяете банку тушенки и банку консервированных ананасов, оставляете мне остальное, и мы расходимся. Идет?

— Как ты мог такое подумать? Не нужна мне твоя тушенка. Выбирай, что тебе нравится, и я уношу твои посылки.

– Тогда так. Я сейчас ничего не выберу, вы унесете посылки. Завтра принесете снова, и я тоже ничего не выберу. Носить эти посылки вы обязаны. Вы будете носить их мне каждый день – пару месяцев, пока не приедет моя мама. И уже моей маме вы будете объяснять про переедание и контроль качества продуктов. Поверьте, она торговый работник и про контроль качества продуктов знает все.

Перспектива беседовать с Сашиной мамой воспитателя не радует.

Саша умный мальчик. Он понимает, что противнику надо оставлять пути к отступлению.

– Идея! Вы сейчас просто проверите на всех банках и коробках дату изготовления, просроченные продукты изымете. А насчет двухсот грамм не волнуйтесь. Я буду есть консервы не один и не в один вечер.

Воспитательница рада такому повороту дел. Ссориться с Сашиной мамой не хочет никто. К тому же она понимает, что мама не станет посылать сыну что попало. Она добросовестно проверяет все продукты – просроченных не оказывается. Посылки остаются Саше, и он, с барской руки, предлагает воспитателю тушенку. Воспитатель отказывается. Тогда Саша достает из коробки банку консервированных ананасов:

– У вас же дети есть. Передайте это им.

Воспитательница колеблется. Она хотела бы отнести детям ананасы, но еще сердита на Сашу, на его манеру говорить с ней – представителем власти и взрослым человеком. «Детям, детям», – повторяет Саша и смотрит ей в глаза. Внезапно воспитательница улыбается, берет ананасы и уходит. Она добрая тетка и понимает, что Саша на нее не злится.

*** *** ***

Советский Союз – страна всеобщего дефицита. Дефицит – это когда чего-либо нет в продаже и это нельзя купить ни за какие деньги. Сотрудники детдома часто обращаются к Саше с просьбой «достать» дефицит. Чаще всего Саша отказывает. Он не хочет играть в эти взрослые игры. Он не злой и не жадный, просто знает, что его мама не в состоянии снабдить дефицитом всех. Воспитательница просит его «достать» гречневую крупу. Гречка – дефицит. Крупа нужна ее маме, больной диабетом. Мама ничего не ест, вернее, ей нужна строгая диета. Среди разрешенных продуктов – гречневая каша. Саша пишет письмо своей маме, та высылает гречку.

Воспитательница приносит Саше посылку. В посылке – два килограмма гречки. Она смотрит на Сашу. Ждет.

– Гречневая крупа, первый сорт, – говорит Саша, – цена – сорок восемь копеек за килограмм.

Здесь два килограмма. С вас – девяносто шесть копеек.

– Хорошо, Саша, я запишу, что у тебя есть девяносто шесть копеек.

Дело в том, что воспитанникам детдома запрещалось иметь наличные деньги.

Глупые мамы и папы давали деньги воспитателю. Детдомовец мог попросить воспитателя, и тот в следующее дежурство приносил заказ. Таким образом можно было купить, например, конфеты или карандаш. Но воспитателя нельзя было попросить купить что-либо запрещенное. Кроме вина и сигарст, запрещены были рыбные консервы, яйца, пирожные и все продукты домашнего приготовления. Не надо объяснять, что наличные деньги у нас ценились значительно выше.

– Нет. Так не пойдет. Это не бизнес. У вас и так моих рублей пятьдесят лежит. Вы же мне их не дадите?

– Не дам. Это запрещено. Да и что ты будешь делать с сырой крупой?

– Продам тете Дусе. Она нянечка, ей ваши запреты до лампочки.

– Но мне гречка нужна для мамы. Ты же обещал.

– Я ничего не имею против вашей мамы. Пусть ест гречневую кашу и радуется. Но я обещал продать вам крупу, а не подарить.

– Хорошо. Бери рубль, и мы в расчете.

– Нет. Вы мне должны именно девяносто шесть копеек. Четырех копеек у меня нет.

Воспитательница включается в игру. Она идет за мелочью.

Сделка состоялась.

* * *

На завтрак нам дают гречневую кашу. Гречневая каша – редкость в детдоме. Нам дают по две ложки каши, мы рады. Не рад один Саша. Он ругается матом, жилы на его шее вздуваются, он коротко бросает: «Сволочи», берет со стола свою порцию каши и ползет к комнате, где едят нянечки.

У Саши торс здорового человека. Его ноги скрючены в немыслимый узел, одна рука парализована. Он подползает к комнате нянечек, открывает головой дверь и своей здоровой рукой бросает в комнату тарелку с кашей.

В комнате нянечек за столом сидят нянечка, ее дочь и муж. Перед каждым – полная тарелка каши.

Мужчина поднимает голову от тарелки. Он видит Сашу и слышит его слова. Саша высказывается в том роде, что нянечка не только сама жиреет на чужом горе, но еще и кормит свою толстомордую дочку и хахаля. Конечно, Саша высказывает все это не такими словами. Он выражается нормальным русским языком, сдобренным отборным матом. Я не берусь повторить эти слова. Мужчина роняет ложку с кашей и просто говорит: «Маня, выйдем». Саша отползает от входа в комнату, и они выходят.

Маня возвращается с фингалом под глазом и полным ведром каши. Оказывается, каши в столовой много, просто ей лень было нести полное ведро.

* * *

Сашу обвинили в том, что он курит. Деньги у него были всегда, и он мог бы покупать даже дорогие сигареты. Но он не курил. Не курил принципиально.

В тот день он предварительно запасся сигаретами, подполз к учительской и закурил. Курил он серьезно, глубоко затягиваясь. Учителя подходили к учительской, смотрели на наглеца, но ничего не предпринимали. Дым от сигарет заполнил коридор и уже перетекал в учительскую. Наконец дождались директора школы.

У нас был хороший директор.

Он присел перед Сашей на корточки:

— Потуши сигарету.

Саша загасил окурок.

— Наконец-то. Я уж думал, придется все выкурить.

— Что ты куришь?

— «Космос». Гадость, конечно, но все-таки с фильтром.

— Почему ты курил возле учительской?

— Вас ждал.

— Зачем? Ты же знаешь, что курить вредно. Даже сигареты с фильтром.

— Я не курю. Что я, дурак, травить себя да еще за это деньги платить? Просто меня обвинили в том, что я курю. Мне все равно, но воспитательница уверена, что я ее обманываю. Если я решу курить, я буду курить открыто. Мое здоровье – мое личное дело. Но подозревать меня в обмане я не позволю. Если она так хочет, чтобы я курил, я буду курить прямо перед ней.

— То есть тебя оскорбили недоверием и ты решил протестовать прямо здесь?

— Да.

— Хорошо, я поговорю с ней. У тебя еще остались сигареты?

— Две с половиной пачки.

— Ты отдашь их мне?

— Вообще-то это дорогие сигареты.

Директор улыбается, лезет в карман за деньгами. Он забирает сигареты, дает Саше деньги и проходит в учительскую.

В этом детдоме был очень хороший директор.

* * *

У нас работали очень хорошие учителя. Люди, увлеченные своей профессией. Конечно, учителям было намного легче, чем нянечкам. Им не приходилось ухаживать за нами. Мнение учителя по сравнению с мнением нянечки для меня ничего не значило. Но все равно учителя оставались взрослыми людьми, нужными обществу, а я – бесполезным куском мяса. Саша так не считал.

Однажды к нам в класс пришла новая учительница русского языка. Случайные люди при работе с нами быстро отсеивались, не помогало ничего, даже существенные надбавки к зарплате «за вредность». Эта же пришла «подменной», то есть временно замещала заболевшую учительницу.

Диктант. Все ученики сидят за партами. Саша лежит на полу. Опираясь на больную руку, здоровой он старательно выводит крупные некрасивые буквы. Его тело выворачивают судороги, но он честно старается.

– Извините, вы не могли бы диктовать помедленнее?

– Я диктую со скоростью, предусмотренной программой шестого класса средней школы.

Саша улыбается:

– Понимаете, если бы у меня еще и руки были, как у ученика шестого класса средней школы, я бы вас не беспокоил.

— В таком случае тебе следовало бы учиться во вспомогательной школе.

Саша не обижается. Он откладывает ручку и лезет в портфель за книгой.

— Что ты собираешься делать?

— Читать. Писать я не успеваю, а мешать другим делать задание запрещено.

— Прекрати немедленно.

— Вы будете диктовать медленнее?

Ее терпение лопается. Этот мальчишка просто хам. Он мог бы просто еще раз попросить, в его положении выбирать не приходится. Он должен быть наказан. Она что-то долго пишет в классном журнале.

— Я вызову твоих родителей.

— Из Ленинграда? Мама не поедет. В крайнем случае, позвонит директору детдома.

— Хорошо. Тогда я не допущу тебя к самоподготовке и завтра ты получишь двойки по всем предметам.

В этот день ей выпадает вечернее дежурство.

Учительница идет за нянечками. Три здоровые тетки сажают Сашу в инвалидное кресло и пытаются отвезти в спальный корпус.

— Что же вы сама не везете? Надорваться боитесь?

И уже нянечкам:

— Ладно, девочки, вы люди подневольные, поехали.

Он вцепляется своей здоровой рукой в колесо коляски. Его тело выгибают судороги, ему очень больно, но отцепить его руку от спиц коляски практически невозможно. Нянечкам приходится тащить коляску с намертво закрепленным колесом. Они в голос ругают учительницу, но тянут коляску, незлобиво матеря Сашу.

А Саша поет. Он поет про русский корабль, не сдавшийся перед превосходящими силами противника:

> Врагу не сдается наш гордый «Варяг».
> Пощады никто не желает.

Его привозят в спальный корпус, выгружают на пол. Учительница рада. Назавтра двойки Саше обеспечены.

Вечером, когда дети поели и сотрудники детдома садятся ужинать, Саша выползает во двор и ползет в школу.

Зима. Снег. Вечер.

До школы недалеко – метров триста. Здоровой рукой он загребает под себя снег и осторожно переставляет больную руку. Хуже всего то, что снега намело совсем немного, и его больная рука все время скользит по обледенелому асфальту, быстро ползти не получается.

Одет он, как и все мы, неходячие. На нем трико и рубашка. Рубашка расстегнута. Расстегнута она не для форсу – просто рубашка все время сползает на одно плечо, и пуговицы отваливаются.

Он заползает в здание школы, затем в свой класс и читает учебники на завтра.

Нянечки обнаруживают пропажу ребенка, идут по следу, зовут учительницу.

— Иди сама с ним разбирайся.

Она заходит в класс, смотрит на Сашу:

— Что ты тут делаешь?

— Реализую свое конституционное право, готовлю уроки.

— Но зачем ты полз по снегу?

— У меня не было другого выхода. Я должен был доказать вам, что меня невозможно победить грубой силой. Да, и распорядитесь насчет транспорта, назад я не поползу.

Учительница выбегает. Нам рассказывают потом, что у нее случилась истерика, она долго плакала, но мы не верим. Мы не верим, что учителя способны плакать из-за такой мелочи.

***

Через несколько лет я приезжаю к Саше в гости.

— Мама, неси водку, мы с Рубеном немного выпьем.

— Но ты же даже на Новый год не пил.

— Новый год каждый год бывает, а Рубена я шесть лет не видел.

Мы пьем водку, разговариваем, и я задаю ему самый главный вопрос:

— Саша, ты рад, что в твоей жизни был детдом?

— Нет. После детдома я стал другим человеком. Лучше бы его не было.

— Но в детдоме у тебя друзья были, ты со мной познакомился.

Саша думает.

— Ты извини, Рубен. Ты хороший парень, мой друг, я рад, что с тобой познакомился. Но лучше бы детдома не было.

# НЬЮ-ЙОРК

В очередной раз классный руководитель проводит с нами политзанятия. Нам рассказывают об ужасах западного образа жизни. Мы уже привыкли и ничему не удивляемся. Я абсолютно уверен, что большинство людей в Америке живут на улицах в картонных коробках, все американцы поголовно строят бомбоубежища, в стране очередной кризис.

На этот раз нам рассказывают о Нью-Йорке. Приводится статья из «Нью-Йорк таймс» про бесплатную раздачу сыра безработным. Было роздано несколько тонн сыра по 100 грамм на душу. Учительница особенно подчеркивает, что эти бедолаги в течение следующего месяца ничего не получат.

Я спрашиваю, не умрут ли они тогда все от голода.

– Конечно, умрут, – отвечает учительница. – Но им на смену придут новые толпы уволенных рабочих.

Я верю.

* * *

Мы одни в классе – я и учитель истории. Он что-то пишет в классном журнале, я читаю. Он сидит за учительским столом, я лежу на полу неподалеку от него:

– Вы очень заняты?

– Что ты хотел?

Он поднимает голову от работы. У учителя очень добрые и умные глаза, чуть седые волосы. На лацкане пиджака – значок.

– Вопрос задать.

– Задавай.

– Нам на политинформации рассказывали, что люди в капиталистических странах живут в глубокой нищете на грани голодной смерти. Я тут немного подсчитал, все сходится. Миллиардеры в Америке есть, но их очень мало. Так?

– Так.

– Миллионеры тоже есть, их немного, по все-таки во много раз больше, чем миллиардеров. Людей среднего достатка – лавочников, парикмахеров – должно быть во много раз больше, чем миллионеров, рабочих – во много раз больше, чем лавочников, а безработных во много раз больше, чем рабочих. Так?

– Так. Ничего удивительного. Люди живут там очень плохо.

– Согласны? Тогда получается, что, по приблизительным расчетам, ежедневно на улицах, например Нью-Йорка, умирает несколько сот тысяч безработных, есть-то им нечего. И это не считая умерших от голода рабочих. Нью-Йорк просто завален трупами! Кто-то их должен все время убирать. Я не понимаю этих американцев. Ходить по улицам среди умерших и умирающих от голода. Почему они до сих пор не свергли своих помещиков и капиталистов?

Учитель встает из-за стола, подходит ко мне, присаживается передо мной на корточки. Он как-то странно смотрит на меня и улыбается. Он почти смеется над моей серьезной задачей. Наверное, у него сегодня просто очень хорошее настроение.

– Сколько тебе лет?

– Вы же знаете, десять.

– Знаю, знаю, – говорит он уже совсем весело. – А не рано тебе еще над такими вещами задумываться?

Я молчу.

– Не сердись. Это просто еще слишком сложно для тебя.

Учитель встает, берет со стола классный журнал и идет к выходу. Перед дверью оборачивается, серьезно и строго смотрит, как будто впервые меня увидел:

– Ни с кем, слышишь? ни с кем не говори на эту тему. Ты уже большой мальчик, должен понимать.

На следующий день подходит ко мне, нагибается, кладет на пол толстую красивую книгу.

– Почитай. Серьезный исторический роман. Знаю: тебе понравится.

# КОТЛЕТА

Я слушался старших, всегда слушался старших. В конце каждого учебного года мне торжественно вручали почетную грамоту «за отличную учебу и примерное поведение». Учился я действительно отлично, а термин «примерное поведение» означал, что я никогда не спорил с преподавателями. Общаться с учителями было легко: они всегда несли полную чушь. Часами нам рассказывали о совершенно ненужных и бесполезных вещах. От нас требовали пересказывать все это на уроках. Память у меня была хорошая, пересказать урок я мог запросто. Учителя думали, что я очень стараюсь. Странные люди. Мне нравилось учиться в школе, там все было понарошку. Нам давали книжки с красивыми картинками, тетради в линейку и клеточку. Это была такая игра – школа. Я играл в нее с удовольствием.

Но слушаться надо было всех старших. Труднее всего было слушаться нянечек. То, что написано в умных книжках с красивыми картинками, их не интересовало. Выученное наизусть стихотворение Пушкина или математическая формула не меняли ничего. От меня требовали одного: как можно меньше обращаться за помощью. Примерно с пяти лет мне говорили, что я очень тяжелый, потому что много ем. «Все жрет и жрет, а нам носи. Совесть совсем потерял. Нарожали негры, теперь таскай его всю жизнь. Нам-то что, мы русские бабы-дуры, добрые, вот и терпим от них, заботимся. А родители их умные, уехали в свою Африку». И так изо дня в день, бесконечно я слушал про их доброту и жалость и про моих чернокожих родителей. Немного смешно, но текст этот мне приходилось слышать во всех учреждениях Советского Союза – в детдомах, больницах, доме престарелых. Словно читали его по неведомой таинственной шпаргалке, как школьный урок, как заклинание.

Я старался как мог. Но все, что я мог, – это меньше есть и пить. Как жить совсем без еды, я не знал. Спросить было не у кого. У учителей спрашивать не имело смысла, они были не настоящие, им не приходилось выносить за нами горшки. От нянечек я знал, что работа у учителей гораздо легче, а зарплата – выше. С точки зрения нянечек, платили учителям ни за что. В этом я с нянечками соглашался полностью. Рассказывать сказки из красивых книжек легко, выносить горшки тяжело. Это я понимал хорошо.

Но от учителей иногда тоже была какая-то польза. Добрые учительницы приносили мне из дома книги и журналы. В одном из женских журналов я вычитал про диету. Чтобы не толстеть, нужно было исключить из рациона мясные и мучные продукты. Я перестал есть хлеб и макароны.

Мясными продуктами нас баловали не часто, но изредка давали котлеты. Отказаться от котлет было трудно, но я смог. Мне помогла умная книга про разведчиков. В этой книге говорилось, что настоящий мужчина должен тренировать силу воли каждый день. Я и тренировал. Сначала очень хотелось есть, потом привык. Когда нам приносили еду, я автоматически выбирал то, что есть можно, и ел, если мог. Чаще всего приходилось ограничиваться компотом и парой ложек каши. Настроение у меня улучшилось. Теперь я делал все правильно, только все время хотелось спать, а в школе к третьему уроку я переставал соображать, голова кружилась. Несколько раз я терял сознание прямо на занятиях.

В тот день у меня заболел живот, и я не успел доползти до туалета. Нянечка отнесла меня в туалет, положила на пол и стала воспитывать. Она орала на меня, говорила, какой я плохой, повторяла про «черножопую суку», про то, как они все обо мне заботятся, какой я неблагодарный. Я молчал. Говорить что-нибудь было бесполезно. Подобная история повторялась не в первый раз. Плакать и просить о снисхождении было бессмысленно, все слова разбивались о единственный довод – мои испачканные штаны. Она орала все сильнее и сильнее, наклонялась ко мне, трясла обвислыми щеками, брызгала слюной. Я молчал. Что я мог сказать? Она действительно была права. Я был слишком толстый и все время думал только о еде. К своим одиннадцати годам я весил уже почти семнадцать килограмм. Я не мог оправдываться. Я и сам ненавидел себя за слабость. Два дня назад я съел котлету. Я не хотел ее есть, действительно не хотел. Я думал, что только понюхаю, потом откусил кусочек. Так и не заметил, как съел всю.

Я молчал. Тогда она зажала мою голову жирными пальцами и стала тыкать меня в грязные штаны.

– Молчит и молчит. Хоть бы слово сказал. Проси прощения, обещай, что больше так не будешь. Говори хоть что-нибудь.

Она тыкала меня носом в говно и повторяла уже тихо: «Говори, говори, говори». Что я мог сказать? Я прекрасно понимал, что все, что от меня нужно, это не какие-либо слова, – все слова я уже перепробовал. Нянечка хочет, действительно хочет только одного: чтобы я научился сам ходить в туалет. Пообещать этого я не мог, поэтому и молчал.

«Говори, говори, говори. Будешь говорить, будешь?» – повторяла она монотонно. «Говори, говори». Как в фильме про войну, в котором немецкий офицер допрашивал храброго русского разведчика. Немецкий офицер. Немец.

Внезапно из меня вырывается простая немецкая фраза: «Русиш швайн».

– Ду бист русиш швайн! – кричу я в отчаянной наглости. – Ду бист русиш швайн. Русиш швайн. Русиш швайн. Русиш швайн. Правильно твоих родителей немцы расстреляли. И тебя надо бы расстрелять.

Это слова, всего лишь слова. Но они действуют. Женщина теряется. Ребенком она пережила немецкую оккупацию, послевоенный голод. Я знаю, что бью по больному.

Я привык к своей инвалидности. Только иногда на минуту всплывает непреодолимое желание встать на ноги. Желание это, как правило, всплывает спонтанно, откуда-то из глубины животного нутра. В тот момент мне сильно-сильно захотелось взять острый нож в правую руку и бить лезвием в ее толстый живот. Бить и бить. Распороть ее всю, хотелось мстить.

Я заплакал. Плакал и кричал. Кричал в рожу этой глупой бабе несправедливые и гнусные вещи. Кричал матом, стараясь задеть ее побольнее.

Мимо проходила учительница. Зашла на крик, увидела меня, лежащего голым на цементном полу в говне и слезах. Поняла все, подняла шум. Добрые взрослые умыли меня, отнесли в постель. Пришла медсестра со шприцем.

– Успокойся, мальчик, все будет хорошо. Сейчас я сделаю тебе укольчик, ты заснешь.

– Уйди от меня, сука, тварь. Ты русская. Я тебя ненавижу. Я всех русских ненавижу. Фашисты, сволочи. Укольчик? Давай сюда укол, только не такой, а настоящий, чтобы умереть навсегда. Я – черножопый, вы – русские. Тогда убейте меня и не мучайте. Вам даже яда для меня жалко. Вы хуже фашистов. Фашисты всех инвалидов убивали, а вы издеваетесь.

Мне делают укол. Я ору и ору. Рассказываю все: про диету, про то, что я толстый. Обещаю им, что больше никогда ничего не буду есть. Учительница и медсестра слушают меня, не понимая. Пытаются успокоить.

Укол подействовал. Я быстро заснул и проспал до середины следующего дня. На душе было хорошо и спокойно. На обед дали котлету. Я решаю есть все. Ем котлету, съедаю борщ с хлебом. Пусть я буду толстым, пусть. Мне уже все равно.

# НЕМЕЦ

Он вошел в класс быстрой, слегка семенящей походкой, выдвинул стул, сел. Не глядя на нас, громко и отчетливо начал читать стихи. Читал долго. Встал, оглядел класс:

– Это Гете. Я читал по-немецки. Может быть, и вы сможете когда-нибудь читать Гете в оригинале. Я ваш новый учитель иностранного языка.

Подошел к столу, открыл учебник:

– Прежде всего, я должен извиниться перед Рубеном. Рубен, я очень сожалею, что не могу научить тебя испанскому языку. Я не знаю испанского. Учи пока немецкий. Если выучишь немецкий, сможешь выучить любой другой язык, запомни это.

Я запомнил.

Странный учитель, очень странный. Иногда забывался посреди урока и подолгу читал стихи. Увлеченно и живо рассказывал нам о Германии. Светился от счастья, когда немецкая футбольная команда выигрывала матч. Все немецкое считал лучшим. Настоящий учитель, чокнутый, фанатик.

* * *

Урок немецкого языка. Класс завелся, мы спорим с учителем. Тема спора неизменна: превосходство Германии. Спорить можно о чем угодно, кроме поражения Германии во Второй мировой. Если напомнить про войну, учитель замолчит, начнет суетливо протирать очки, сухим бесцветным голосом предложит открыть учебники на указанной странице и повторять вслух бесконечные немецкие глаголы.

Глаза горят, щеки покраснели. Он торжествующе бросает в класс фамилии немецких композиторов, философов, поэтов. Почти кричит о преимуществе немецких корабелов. Он счастлив, доволен. Нам нечего возразить. Переходим к обсуждению сельского хозяйства. Мы восхищенно слушаем про центнеры и гектары, объемы производства и невиданные урожаи.

Все портит чей-то тихий вопрос:

– А финики?

– Какие финики?

– Финики в Германии выращивают?

Он сникает, настроение испорчено. Мы читаем вслух бесконечные немецкие глаголы.

* * *

Подошел ко мне, присел. В руке – бумажный кулечек с финиками.

– Хочешь?

– Спасибо.

Мы едим финики, молчим. Доели. Он тяжело поднялся с пола, отряхнул брюки, вздохнул.

– А в Германии финики не растут. Это правда. Совсем не растут.

# МУЗЫКА

Музыка была не наша, чужая. Ее записывали на рентгеновских пленках. Детдомовцы привозили пустые рентгеновские пленки из своих бесконечных поездок по больницам, затем меняли их на пленки с записью из расчета один к двум. Бизнес.

Безобидные западные шлягеры внушали воспитателям ужас.

– Вы знаете, о чем они поют?

Мы не знали. Пластинки отбирали, поведение нарушителей обсуждалось на педагогическом совете школы, борьба с капиталистическим влиянием шла вовсю. Бессмысленная борьба.

Мальчики стали носить длинные волосы. Из Москвы прислали инструкции по борьбе с «заразой». Волосы воспитанников не должны были опускаться ниже середины ушей. Уши измеряли линейкой, середину определяли на глаз. Шла бесконечная борьба за право иметь прическу чуть шикарнее, чем у товарища.

Споры из-за длины волос меня не волнуют. Меня всегда стригут наголо, потому что я неходячий.

Мне очень хочется узнать, о чем поют люди на пластинках. Я хочу выучить их язык.

# ПИСЬМО

Это был плохой детдом, очень плохой. Плохая еда, плохие взрослые. Все плохо. Детдома, как и тюрьмы, бывают разные. Этот был особенно плох. Тяжелее всего было переносить холод: детдом не отапливался. Зимой было особенно трудно. В авторучках замерзали чернила. Холодно в классах, холодно в спальнях – везде холодно, куда бы я ни заползал. В других детдомах холодно было только в коридоре, в этом – везде, в других детдомах даже в коридоре можно было подползти к батарее отопления, в этом батареи были бесполезными кусками холодного металла. Плохой детдом, очень плохой.

Привезли новенького. Церебральный паралич. Очень крупный, сильный парень бился в судорогах. Такие сильные постоянные судороги бывают редко. Взяли под руки, отвели в спальню, посадили на кровать.

Лицо искажено, речь неразборчива, почти неразборчива. Я понимал все. Он был не очень умный, но и не полный дебил, каким его считали почти все, от воспитателей до сверстников. Он сидел на кровати, все время, как заклинание, повторяя странный звук, почти птичий клекот «клск», «клск». Слов из одних согласных в русском языке не бывает. Я знал это и читал гласные по губам, точнее, по движению лицевых мышц. Мальчик не был сумасшедшим. Днем и ночью он повторял простое слово: «коляска». Нормальным его назвать было также трудно. Он еще не понял, ничего не понял. В этом детдоме жрать было нечего, какие коляски?

Детдомовцы имели право переписываться с родителями. Каждую неделю воспитательница упорно уговаривала детей писать письма. Каждую неделю дети упрямо отказывались писать домой. Глупые дети. Им давали бесплатный конверт, чистый листок бумаги.

В младших классах письма писали почти все. Листки с детской писаниной отдавали воспитательнице, она исправляла грамматические ошибки, вкладывала письмо в конверт и отправляла домой. Все знали, что именно надо писать в письмах. Все писали про школьные отметки, заботливых взрослых и дружном классе. Каждый праздник детям выдавали красивые открытки, всем одинаковые, для того чтобы поздравить родителей. Открытки взрослым особенно нравились. Каждую открытку нужно было расчертить под линейку карандашом, затем написать текст поздравления в черновике. Воспитательница исправляла в черновике ошибки. Теперь можно было переписать текст на открытку карандашом, а потом, если написано без ошибок, обвести карандашную заготовку цветными чернилами. Все знали также, про что писать нельзя. Нельзя было писать про плохое, например, было запрещено писать про еду. Особенно про еду. Но глупые родители в своих письмах почему-то именно про еду всегда и спрашивали. Поэтому все письма часто начинались стандартно: «Здравствуй, мама! Кормят нас хорошо». За хорошие письма детей хвалили, за плохие – ругали. Особенно плохие письма зачитывали вслух всему классу.

Старшеклассники писем не писали. Что такое детдом, родители и так знают. Зачем заставлять их волноваться лишний раз? А если кому и надо было написать письмо, то конверт всегда можно купить, были бы деньги. Отдавать же письмо воспитательнице могли только не совсем умные дети. Все знали, что по инструкции она должна отнести письмо домой, прочитать и лишь затем решать, отправлять письмо или нет. Опустить письмо в почтовый ящик мог любой взрослый. Чаще всего об этой нехитрой услуге просили нянечек, а один мальчик приноровился отправлять письма через водителей хлебовозов. Каждый день на территорию детдома привозили хлеб. Он подходил к шоферу, шепотом говорил ему: «Письмо опустите в почтовый ящик, пожалуйста». Шофер оглядывался по сторонам, молча брал письмо и садился в машину. Письма этого мальчика отправлялись в тот же день, его родители знали это по почтовому штемпелю. Мальчик с гордостью убеждал нас, что все шоферы – хорошие люди. Его папа был шофером.

Может быть, воспитательница действительно верила, что старшеклассники писем не писали, может быть, что-то и подозревала, но упорно раз в неделю уговаривала всех писать письма. Она говорила, все молчали. Так было принято. Если воспитательница особенно доставала кого-нибудь одного, пацану приходилось делать вид, что он решил написать письмо. Он быстро писал на листке бумаги: «я балдею от перловой каши», вкладывал листок в конверт и заклеивал конверт клеем для сборки авиамоделей. Ни одно такое письмо до адресата не доходило, да этого и не требовалось. Зато во второй раз к нему уже не приставали.

Новенький все сидел на своей кровати, кричал, плакал. Поначалу нянечки отнеслись к нему неплохо, утром сняли с кровати на пол, спросили, как положить, чтобы он мог ползать. Инвалид лежал на спине, дрыгал ногами и руками в воздухе, мычал что-то невразумительное. Когда его перевернули на живот, он закричал еще сильнее. Нянечки посадили его обратно на кровать и ушли. Что им оставалось делать?

Он кричал, мычал и плакал. Днем и ночью. Одноклассники сначала хотели его побить, чтобы заткнулся, но не стали. Дебилов не били. Просто попросили администрацию перевести его в другую палату. Никто не хотел спать под его ночные крики. Пока взрослые решали, куда отселить несчастного, парни пытались развлечь дурачка. Ему приносили надувные мячи, детские игрушки – ничего не помогало. Парни не сдавались. Что-то же должно было ему понравиться. Кто-то предложил ему тетрадь, толстую тетрадь в клеточку. Дурачок обрадовался, закивал. Вцепился в тетрадь, успокоился и внезапно отчетливо сказал: «Дай». Неожиданная удача всех развеселила. Его просили снова и снова сказать «дай». Он повторял и улыбался. Слово «дай» выходило у него хорошо. Почти без запинки он мог ясно проговаривать слова «мама», «папа», «дай», «да» и «нет». Слово «нет» он произносил с трудом, сначала почти неслышное «н», потом пауза и долгое протяжное «е-ет». Но этого было достаточно. Он просил ручку. Ему дали ручку, уже не спрашивая, принесли стол, придвинули к его кровати. Положили на стол ручку. Он замер на мгновенье, неожиданно ловко подхватил правой рукой ручку, уверенно лег на стол всем телом, зажав под собой тетрадь, открыл тетрадь подбородком и ткнул ручкой в чистый лист. Сел: руки, раскинутые в стороны, бессмысленно дергались, ноги под столом отбивали неритмичную дробь. Он смеялся, парни смеялись вместе с ним.

Жизнь новенького изменилась. По ночам он крепко спал, а с утра нянечки совали ему в руку ручку, клали перед ним тетрадь. Весь день он сидел на кровати, то падая на тетрадь всем телом, пытаясь снова и снова ткнуть в чистый листок авторучкой, то разгибаясь в радостном смехе, любуясь своими рисунками. Две недели парни в палате спали спокойно. Две недели дурачок терпеливо выводил в тетради странные закорючки, замысловатые узоры, видимые только ему одному образы и знаки. Когда в тетрадке не осталось чистого места, он закричал. Опять закричал. Тетради в детдоме ценились, тем более в клеточку. Но дурачок хотел рисовать, парни хотели спать по ночам. Купили ему новую, пусть рисует. Он даже не взглянул на чистую тетрадь. Бросил ручку на пол, положил на кровать рядом с собой тетрадь – мятую, бесполезную игрушку – и закричал.

Теперь то, что он кричал, понимали все. Он кричал: «Мама». Кричал громко. Парни уже привыкли немного к его речи. Все пытались добиться от него, чего ему еще нужно, уговаривали не кричать, обещали принести ему еще много тетрадей – ничего не помогало. Ему называли слова одни за другими, на все он говорил «нет». Тогда стали называть буквы. Просто читали алфавит, если буква ему нравилась, он говорил «да». Сложилось слово «письмо». Все ясно. Он хотел, чтобы его рисунки послали маме. Позвали воспитательницу. Она долго разглядывала тетрадку. Мятые листки были плотно зарисованы какими-то значками. В одном месте знаки стояли вразбивку, в другом плотно сбивались в неразличимый комок чернильных переплетений. Некоторые страницы были покрыты сплошными кругами. Круги были разного размера, не всегда замкнуты, лишь с большой натяжкой их можно было принять за букву «о». Но кто станет рисовать букву «о» на двух страницах подряд?

Воспитательница отказалась посылать тетрадку родителям. Это письмо, сказала она, я должна знать его содержание. Назревал скандал. Какое содержание можно найти в нелепых каракулях? Строгая воспитательница пойдет после смены к себе домой, нормально выспится, а парням опять придется не спать по ночам от криков дурачка? Воспитательнице срочно пришлось искать выход из неприятной ситуации. Она подошла к новенькому:

– Это письмо?

– Нет.

– Это твои рисунки?

– Да.

– Ты хочешь, чтобы я послала их маме?

– Да.

– Может быть, мы не будем посылать маме всю тетрадку? Выберем самые красивые рисунки и пошлем?

– Нет. Нет.

Он выговорил два раза «нет» – слово, которое давалось ему очень трудно. Потом закричал. Он кричал «мама», топал ногами и пытался сказать «нет» еще раз. У него не получалось.

– Хорошо, хорошо. Я все поняла. Маме очень нравится, когда ты рисуешь. Я пошлю ей все твои рисунки. Я напишу письмо твоей маме. Напишу, что тебе здесь очень понравилось, у тебя много друзей и ты очень любишь рисовать. Тебе ведь нравится у нас?

– Да.

Так и поговорили. Воспитательница отправила тетрадку родителям новенького. Новенький успокоился. Ночью он спал, днем сидел на своей кровати, уставившись в одну точку.

Через месяц в детдом привезли инвалидные коляски. Колясок было много, на всех хватило. Дали коляску и новенькому. Нянечки подхватили его под руки, он встал. Подвели к коляске, посадили. Попытались поставить его ноги на подножки, он не дал. Подножки убрали совсем. Он оттолкнулся ногами от пола и поехал. Очень быстро перебирая сильными ногами по полу, он покатил по коридору.

На очередном классном собрании воспитательница ругала новенького. Она говорила обычные в таких случаях глупости. Как надрывается страна, выделяя для нас последний кусок хлеба, какой он неблагодарный. Доказывала, что она поступила с новеньким как с человеком: отправила его тетрадку родителям, а в тетрадке, оказывается, он облил грязью весь коллектив детского дома, расписал жизнь детдома в черном цвете, огульно охаял педагогический совет и обслуживающий персонал. Она говорила и говорила. Новенький не слушал. Когда она дошла до обычных в таких случаях обвинений в черствости и бездушии, он отодвинул ногой школьную парту и выкатился в коридор.

Больше писем ему писать не разрешали. Он и не просил. После уроков он катался по коридору, часами играл надувным мячиком. В обед регулярно просил добавки. Его нужно было кормить с ложки, нянечки не хотели скармливать ему добавочную порцию. Пытались объяснить ему все это, но тщетно. Он катил за нянечкой на своей коляске до тех пор, пока она не сдавалась. Нянечки пытались спрятаться от его приставаний в своей комнате. Он сидел возле комнаты и кричал. Когда это все им надоедало, они выходили из комнаты и давали ему еще одну тарелку супа или каши. Постепенно все привыкли к нему и всегда давали двойную порцию, чтобы отвязаться от назойливого инвалида.

Когда мы оставались одни, я разговаривал с ним. Медленно проговаривая каждое слово, он произносил фразу, вопросительно и недоверчиво смотрел на меня. Я повторял его слова.

Постепенно он стал доверять мне, и повторять его слова мне уже не требовалось. Мы просто разговаривали. Я спросил его, что же конкретно было в том письме.

— Рубен. Я много думал.

— Знаю, ты много думал и написал хорошее письмо. Что ты написал?

— «МАМА МЕНЯ ПЛОХО КОРМЯТ И НЕ ДАЮТ КОЛЯСКУ».

Вся первая страница его первого в жизни письма была исписана буквами «м». Большими и маленькими. Он надеялся, что хоть одна буква из всей страницы будет понятна. Иногда на букву уходило несколько страниц. Толстая тетрадка в девяносто шесть страниц была исписана полностью.

— Первые четыре буквы лишние, — пытался я спорить.

— Я долго думал.

— Но первые четыре буквы все равно лишние. У тебя могло не хватить места в тетрадке.

Он задумался. Потом широко улыбнулся и медленно очень четко произнес: «Ма-ма».

# ПИРОЖКИ

Детский дом, дом для детей. Детей готовят к будущей, взрослой, жизни. Кроме общеобразовательных предметов, в детдоме преподают основы выживания в непростом мире, который начинается за воротами школы. Мальчиков учат разбираться в электропроводке, выпиливать лобзиком, собирать и чинить мебель, девочек – шить, вязать, готовить. Это не так просто – научить мальчика без рук менять электрические розетки, кажется почти невозможным научить вязать однорукую девочку. Это трудно. Действительно, очень трудно. Нашим преподавателям удавалось делать то, о чем родители ребенка-инвалида не могли и мечтать.

Я лежу на полу в классе. Заходит девочка с подносом в руках. Вместо одной ноги у нее протез, но, по нашим, детдомовским, меркам, она почти здорова. На подносе – пирожки. Горячие, румяные.

– А где же мальчики? Мы с девочками, – говорит она, – пирожков напекли, они обещали к нам на кухню прийти попробовать.

– В кино.

– Как в кино?

– Их сегодня в кино повели, завтра – вас. У вас ведь занятия по кулинарии.

– А почему они нам не сказали? Куда теперь пирожки девать?

Она ставит поднос на учительский стол, садится за парту, берет с подноса пирожок и дает его мне.

Пирожок с картошкой и луком. Я ем пирожок.

– Вкусно, – говорю. – Хорошие у вас пирожки получились.

Девочка меня не слышит. Задумчиво глядит в пространство перед собой:

– Странно... Где же мальчики?

# ДРАКА

Дрались в детдоме редко. Когда дрались – дрались жестоко. Дрались по правилам. Западло было кусаться, хватать за волосы, вне детдомовского закона были ножи и кастеты. Если инвалидности были неравны, разрешено было мстить. Сроки давности на месть не распространялись. Я знал парня, который с гордостью рассказывал, как толкнул своего обидчика под машину за обиду, нанесенную полтора года назад. Толкнул неудачно, машина только набирала ход, удар был несильным. На вечерней сходке нарушитель был оправдан. У того, кто толкал человека под машину, была только одна рука, у того, кого толкнули, было две руки и нога. Все честно. Драка была бы невозможна. Мальчик мстил, то есть поступал правильно. Когда пострадавшего выписали из больницы, дети даже подружились. Силу уважали. Право быть сильным имел каждый.

Я люблю осень. Осенью в детдом возвращались после домашнего летнего отдыха счастливчики, те, кого забирали домой на каникулы. Осенью было шумно и весело, много вкусной еды, интересных рассказов о доме, лете, родителях. Весну ненавижу. Никогда не любил весну. Весной уезжали на каникулы лучшие друзья. Весной мы надеялись, что именно в эту весну заберут домой кого-нибудь, кого не забирали в прошлом году. Все надеялись, даже те, у кого родители жили слишком далеко, даже сироты. Большую часть дня старались провести на школьном дворе, возле ворот детдома. Об этом не говорили, просто ждали, просто надеялись. Я не надеялся: я знал, что за мной никогда никто не приедет.

В ту осень Серега приехал грустный. Странно было видеть грустного Серегу. Конечно, все грустили немного после каникул, все скучали по дому. Но грусть скрашивала встреча с друзьями, новые впечатления, новые учебники. Мы переходили из класса в класс, взрослели.

Серега, безногий парень-переросток, приехал к нам в палату на своей тележке. Хотел посоветоваться с пацанами. Говорил он в основном с Генкой.

— Мне драку назначили.

— Сергей, ты — самый сильный в детдоме. Все это знают. Кто решится драться с тобой?

— В том-то и дело, что это не в детдоме, это там, на воле.

— Из-за чего драка?

— Из-за женщины. Сказали, что в гроб загонят, укопают. За день до отправки в детдом. Сказали, если весной дома покажусь — убьют.

Все знали, что Серегу на воле ждала девушка. Здоровая. Нормальная красивая девушка. Наши девочки даже не пытались заигрывать с ним. Знали, что, когда Серега закончит школу, он женится на своей девушке.

Про женщину Генка не спрашивал. Это было не принято. Захочет парень – сам расскажет. Не захочет – его дело.

– Не знаю, что тебе и посоветовать. Я на воле никогда не был. Он сильный?

– Конечно. Старше меня на год, в ПТУ учится.

– Тогда тебе хана. Убьет он тебя. Ногой ударит и запинает до смерти.

– Сам знаю. Но драться надо.

Генка задумался. В детдоме умнее Генки никого не было. Генка и сам это знал. Это детдом. Правду скрыть очень трудно. Все про всех все знали. Мы знали, кто в детдоме самый сильный, в каком классе учится самая красивая девочка.

– Знаешь, Сергей, я думаю, шанс у тебя есть. Маленький, но шанс. Его надо повалить на землю. Если упадет – кидайся душить. У него на две ноги больше, он сильнее. Выхода у тебя нет.

Серега и сам знал, что выхода нет. С этого дня он начал «качаться». В тот год «качались» все. На школьном дворе установили турники, электрик с учителем физкультуры из металлических труб сварили несколько примитивных тренажеров. Пьянок стало гораздо меньше. Учителя были счастливы: почти все свободное время дети проводили на школьном дворе. Серега, авторитетный парень, бросил курить; те, кто решил качаться, бросили курить тоже. Потом, правда, многие сорвались – закурили. Серега не сорвался.

Каждый день. По часу утром, по два часа вечером, по четыре часа в субботу и воскресенье. Девять школьных месяцев детдом «качался».

Те, у кого не было одной руки, накачивали мускулы единственной. Внезапно стали носить протезы. Бесполезные пластмассовые имитации рук стали действительно необходимы. По мере тренировок в протез наливали свинца, чтобы не повело спину, не перекосило позвоночник на здоровую сторону. При этом сам протез становился неплохим оружисм в драке.

В детдоме жил безрукий парень. Рук у него не было совсем. Те, у кого не было только кистей рук, могли развивать свои культи для драки в протезах. Он не мог носить протезы. Его протезы, бесполезные игрушки, только мешали, и он их не носил совсем. «Качался» он больше всех, даже больше Сереги. Садился на табуретку, засовывал ноги под шкаф и откидывался назад, касаясь затылком пола. «Качался» всегда. Даже выполняя домашние задания. Учил стихи, повторял пройденный на уроках материал и «качался», говорил, что так все запоминается лучше. По вечерам он долго бил пятками по подвешенной на стене газетной подшивке. Подпрыгивал, бил пяткой в газету, отскакивал и бил снова. Каждый день гордо срывал зубами с подшитой пачки одну газету. Однажды, когда газетная стопка на стене стала заметно тоньше, во время очередной тренировки со стены посыпалась краска, газетная подшивка сорвалась с гвоздя. Он продолжал яростно бить пятками в голые кирпичи. Пришли взрослые, покрасили стену, ругать не стали, понимали, что он не нарочно. Со смехом посоветовали ему тренироваться на бетонной стене гаража. Безрукий просыпался раньше всех, выходил на улицу и бил ни в чем не виновную бетонную стену. Теперь он мог тренировать ноги и по утрам, не нарушая утреннего сна остальных. Сильный парень.

У Сереги руки были. Он нормально развивал свое тело. Только когда подтягивался на турнике, надевал на спину рюкзак. Сначала в рюкзаке лежал небольшой груз для компенсации веса отсутствующих ног, затем Серега начал добавлять в рюкзак гантели. Но и с тяжелым рюкзаком на спине он мог подтянуться больше сорока раз за один прием.

Идея с рюкзаком понравилась даже учителю физкультуры. Он тоже стал приходить на тренировки с рюкзаком. В обязанности учителя физкультуры входило проводить с детьми утреннюю зарядку – на уроки физкультуры все равно почти никто не ходил. Но в тот год учитель физкультуры стал самым главным учителем в школе, более значимым, чем учитель математики. Он очень сильно помогал парням, сам придумывал тренажеры для инвалидов. Предостерегал от перегрузок, читал длинные лекции по анатомии. Хороший учитель.

Гордостью Сереги стали его толкучки. Толкучками называли небольшие дощечки с ручками, которыми безногие инвалиды отталкивались от земли, передвигаясь на низеньких тележках с подшипниками. Серега свои толкучки сварил сам на уроке труда из алюминиевых трубок. Легкими алюминиевые толкучки с резиновыми подошвами оставались недолго. Каждый вечер Серега разжигал на школьном дворе небольшой костер, плавил свинец и заливал немного в свои толкучки. Толкучки с каждым днем становились все тяжелее. Он пользовался ими как обычно. Как всегда, катался по территории детдома на своей тележке, только теперь он всегда имел под рукой удобные гантели. К весне каждая толкучка весила ровно по пять килограмм. На пяти килограммах Серега решил остановиться.

На летние каникулы Серегу провожали тихо. Мы видели, что за зимние месяцы тренировок Серега сильно окреп, но это абсолютно ничего не значило. Каждый раз, когда Серега добивался какого-либо результата, мы понимали, что этого все равно мало, слишком мало. Серега тренировался каждый день, но было абсолютно ясно, что где-то там, в его родном городе, тренировался враг, накачивая каждую мышцу своего целого тела. Когда Серега впервые смог подтянуться на турнике пятьдесят раз, мы были уверены, что соперник его подтягивается никак не менее ста. Серега выжимал левой рукой гирю восемь раз, его соперник – раз двадцать.

Лето прошло быстро. Еще одно детдомовское лето. Осенью, как всегда, родители привозили детей в детдом. Привезли и Серегу. Про драку никто не спрашивал, Серега не рассказывал. Только как-то раз, когда Серега в очередной раз пришел к пацанам, Генка спросил его, только намекнул. Ввернул что-то неопределенное про летний отдых. Серега понял быстро, смутился, опустил глаза. Отказать Генке было неудобно.

– Не было драки, – негромко сказал Серега. – Не было. В первый вечер, как домой приехал, нашел его. Они с каким-то парнем стояли, курили. Я его спросил, помнит ли он меня, он ответил, что помнит. Тогда я ударил его со всей силы толкучкой по коленке. Нога сломалась, вывернулась назад. Он упал. Закричал сильно, маму стал звать. Я ударил его в живот пару раз. Он захрипел. Развернулся к другу его, думал, с двумя драться придется, а друг уже взрослых побежал звать. Стукач. Прибежали, врача вызвали. Спрашивали, чем я его так отделал, ответил, что руками. Шум был. У него в кармане действительно нож лежал.

– А потом?

– Потом ничего. Его отец к нам домой пришел. Сели они, выпили. Я его отцу все честно рассказал. А с тем парнем мы потом познакомились. Нормальный парень, только слабый. Он все лето на костылях проходил. Странно, я его на рыбалку звал, а он ответил, что ему не разрешают далеко ходить на костылях. И родители у него странные. Я им пытался объяснить, что у нас полдетдома на костылях ходит, они не поняли. А рыбалка хорошая в это лето была. Я щуку поймал. Хорошая рыбалка.

Вечером пацаны долго спорили. Никак не могли понять, почему тот парень со сломанной ногой не дрался, ведь у него еще оставались две целые руки, здоровая нога, да и нож в кармане. Странный он, и друг у него странный.

# ВЕЛОСИПЕД

Отбой. Взрослые выключают свет и уходят. Дети должны спать. Лучшее время суток – пару часов после отбоя. Спать еще не хочется. Темно. Если нет никакого праздника, незачем включать свет. В праздник – другое дело. В праздник можно открыть припасенные консервы, выпить вина, нет вина – хоть чаю. Если нет праздника, а спать не хочется, можно разговаривать. Ночью можно говорить о чем угодно, никто не будет над тобой смеяться. Ночью можно вспомнить дом, маму с папой. Ночью – можно. Тебе не скажут, что ты слабак и маменькин сынок. Ночью – не скажут.

В ту ночь говорили о родителях. Я молчал. Когда говорить было не о чем, меня просили рассказать что-нибудь интересное из прочитанных книг. Я рассказывал. В ту ночь мне нечего было сказать. Я только слушал.

Как почти всегда осенью, дети спорили, у кого самые лучшие родители. Понятно, что родители у всех были хорошие. Самые добрые на свете мамы, самые сильные папы. Папы были не у всех. У тех, у кого папы были, они были самые-самые.

– У меня папа хороший, – заговорил парень. – Самый лучший.

– Ты ж рассказывал, что он пьет?

– Ну и что, что пьет? Все равно хороший. Этим летом сосед своему сыну на день рожденья велосипед подарил. Взрослый велосипед, двухколесный. Он всем давал кататься. Все во дворе по очереди на этом велосипеде катались. Папа три дня не пил, думал. Злой ходил по дому. Ему мама пива купила, он и пива пить не стал. Взял у меня тетрадку с ручкой, считал что-то. Пошел в бухгалтерию, потом в профсоюзный комитет. В субботу в область поехал, вернулся трезвый. Приемник мне привез. Вот, говорит, это сосед мой сыну велосипед только на день рождения купить может, а я, когда захочу, могу в семью подарки покупать. Две недели не пил. Попросился в ночную смену, чтобы платили больше. Большой приемник, дорогой, ни у кого такого не было. На шкале все города мира написаны. По нему что хочешь можно ловить. И музыку, и передачи для детей. Еще передача есть, там дикторы книжки для слепых читают. Я каждый день ее слушал. Хороший приемник. А велосипед у соседа все равно быстро сломался. Папа у меня умный, знает, что покупать. Приемник ведь лучше велосипеда, правда?

Никому не хотелось спорить. Ясное дело. Приемник – вещь серьезная, а велосипед... Что такое велосипед? Железяка с двумя колесами, ничего больше.

# ИСПАНКА

Больница. Я лежу загипсованный по пояс. Лежу на спине, лежу уже больше года. Смотрю на потолок. Больше года смотрю на одно и то же место на потолке. Жить совсем не хочется. Я стараюсь меньше есть и пить. Стараюсь хорошо. Стараюсь, потому что знаю, что чем реже ешь, тем реже тебе требуется помощь. Просить помощи у других – самая страшная и неприятная вещь в жизни.

Обход. В сопровождении молоденьких студентов по палатам ходит врач. Подходит к моей кровати. Заглядывает в мою историю болезни и зачитывает то, что я слышу уже на протяжении года. Говорит про мои руки, ноги и про умственную недостаточность. Я привык. Обходы бывают часто. Я привык ко многому в этой больнице. Мне почти все равно.

Врач снимает с меня простыню, достает указку, долго и нудно показывает скучающим студентам мое тело. Объясняет им про методы лечения и прочую ерунду. Студенты почти спят.

– Сколько будет два плюс два? – спрашивает он меня неожиданно.

– Четыре.

– А три плюс три?

– Шесть.

Студенты веселеют, почти просыпаются. Врач коротко и убедительно объясняет им, что у меня поражены не все участки мозга. «Мальчик даже помнит свое имя и узнает врачей». Он улыбается мне. Я знаю такие улыбки, ненавижу их. Так улыбаются очень маленьким детям или животным. Неискренне улыбаются.

– А сколько будет два умножить на два?

Слова «умножить» он произносит с особым нажимом. Это уже слишком. Даже для меня это уже слишком, даже в этой больнице, будь она проклята.

– Дважды два будет четыре, трижды три – девять, четырежды чстыре – шестнадцать. Мне холодно. Накройте меня простыней или хотя бы закройте форточку. Да, я дебил, я это знаю, но дебилам тоже бывает холодно. Я вам не подопытный кролик.

Словосочетание «подопытный кролик» я подслушал в перевязочной. Врач очень странно смотрит на меня. Стоит. Молчит. Девушка из его свиты быстро нагибается ко мне, накрывает меня простыней и так же быстро отходит.

Обход закончен.

Вечером ко мне подходит женщина в домашнем платье, молодая и красивая. Она без халата. Уже больше года я не видел людей без халатов. Решительно нагибается ко мне, спрашивает:

– Ты испанец?

– Да.

– Я тоже испанка. Учусь в педагогическом институте. Нам задали пересказывать «Слово о полку Игореве». Текст сложный, я ничего не понимаю, ты не поможешь?

– Но я еще маленький, а вы в институте учитесь.

– Говори мне «ты».

– Хорошо, я постараюсь тебе помочь.

Она достает из сумочки книгу, придвигает стул к моей кровати, читает. Читает медленно, почти по слогам. Большинство «непонятных» слов я знаю, а для тех, что мне незнакомы, в книге сделаны удобные сноски. Хорошая книга.

Темнеет. Ей пора уходить. Она закрывает книгу, встает:

– Мы еще не все прочитали, я приду завтра. Меня зовут Лолита.

– Меня – Рубен.

Она улыбается.

– Я знаю, как тебя зовут. Я приду завтра, Рубен.

Ночью я почти не спал. Ко мне еще никто никогда не приходил. Почти у всех «на воле» кто-то был: родители, бабушки с дедушками, братья и сестры. К одному парню грузину приезжал даже двоюродный брат. Его родители умерли, он рос у дяди. Грузин объяснял мне, что двоюродный брат – его кровный родственник. А кровный родственник, говорил он мне, – это самый близкий человек на земле. У него было много кровных родственников. У меня не было никого.

На следующий день к нам пришли шефы. Педагогический институт внезапно взял шефство над детским отделением нашей больницы. То есть формально шефами они, наверное, были и до этого, но именно в этот день они пришли именно в нашу палату. Среди шефов, естественно, была Лолита. Поверх платья она накинула белый халат.

Подошла к моей кровати:

– Видишь, я пришла. Почему ты плачешь?

* * *

Шефы приходили часто, почти каждое воскресенье. Лолита была не всегда, но когда была, подолгу сидела у моей кровати. Мы разговаривали. Просто болтали. Разговаривать с человеком – это было для меня очень много, слишком много для детского сознания. Очаровательная роскошь. Ей же всегда и всего было мало. Просто приходить к больному одинокому ребенку – мало. Как-то раз студенты принесли в больницу кинопроектор. В комнате отдыха крутили мультики; как всегда, я оставался в комнате один. Зашла Лолита, посмотрела на меня, что-то сказала, я что-то ответил. Наверное, у нее сегодня плохое настроение, подумал я. Быстро выбежала из комнаты. А в следующее воскресенье студенты внесли в комнату кинопроектор. Мою кровать развернули боком к стене. В светлом пятне на больничной стенке забавный волк безуспешно пытался поймать хитрого зайца. Все десять серий, десять серий самого известного русского мультфильма. Я смотрел этот мультик первый раз в жизни.

С Лолитой все было в первый раз. В первый раз меня переложили с кровати на каталку и вывезли на улицу. В первый раз за всю мою больничную жизнь я мог видеть небо. Небо вместо вечного белого потолка.

* * *

Праздник. В больнице праздник. Праздники меня не касались, на праздники мне было плевать. Кто-то где-то весело проводил время.

В палату вбежала очень красивая Лолита, в испанском костюме, ярко накрашенная и без халата:

— Сейчас, Рубен, привезут каталку, отвезем тебя в комнату отдыха. Сегодня я буду танцевать.

Радостная и красивая. Настоящий живой праздник.

В комнату вошла медсестра. Обычная медсестра в белом халате.

— Больного нельзя перемещать. Ему недавно сделана операция.

С приходом Лолиты я и забыл про операцию. В очередной раз врачи разрезали мои гипсы,

113

очередная бессмысленная боль. Нельзя. Ничего и никогда нельзя. Впрочем, я привык, я уже почти привык к вечным «нельзя». Лолита не привыкла. Выбежала из палаты. Ушла.

Через пару минут вбежали шумно, заговорили по-испански. Лолита, Пабло и усатый низенький парень. Пабло был с гитарой, Пабло я знал. Усатый перешел на русский:

— Ты должна быть на мероприятии, немедленно.

— Я буду танцевать здесь. Здесь и сейчас.

— Ты будешь танцевать там, где тебе скажут. Гитару я забираю. Пабло, пошли.

— Ты пойдешь, Пабло?

Лолита задорно смотрела на рослого парня. Смотрела открыто, с вызовом, радостно. Пабло опустил глаза.

Усатый ушел, увел несчастного Пабло. Мы остались одни в больничной палате.

Лолита танцевала. Танцевала, отбивая пальцами ритм.

Лолита танцевала. Танцевала для себя. Напряженно и строго выстукивала далекую, странную мелодию. Без гитары, без Пабло. Танцевала по-настоящему, вся.

К нам в детдом иногда приезжали танцевальные коллективы. Молоденькие дуры старательно топтали сцену детдомовского клуба. Конферансье выходил на сцену, объявлял следующий номер. Дуры топтали сцену по-другому. Скучно.

Только один раз заведенный порядок был нарушен. По случаю Дня Победы к нам приехала очередная танцевальная группа. В который раз они завели привычную музыку. Внезапно на сцену выбежал наш учитель истории, что-то шепнул на ухо растерявшемуся гармонисту. Пошел вприсядку, позвякивая орденами. Девушки расступались перед ветераном, не мешали. Выпил человек, пусть пляшет. Учитель действительно немного выпил в тот день. На то он и День Победы. Плясал он здорово, дико и свободно. Неуловимо знакомым показался мне его выход. Свободой веяло от него, силой. Больше никогда я такого не видел.

Но в первый раз настоящий, живой танец я увидел в северной русской больнице. Настоящий танец, испанский танец.

* * *

Мы прощались. Лолите надо было уезжать.

— Я найду тебя, мальчик. Обязательно напишу тебе, жди.

Она обещала писать, я не верил, в очередной раз не верил.

— Ты не сможешь найти меня. Я не знаю даже, в какой детдом меня отвезут.

Я не верил.

Через пару лет мне пришло письмо. Обычное письмо. Первое письмо в моей жизни. В письме —

красивая открытка. На открытке – танцующая испанка в разноцветном платье. Платье на открытке было расшито цветными нитками. Таких открыток в России не выпускали.

Письмо мне дала воспитательница. Положила передо мной раскрытый конверт. Села напротив:

– Рубен. Мне надо с тобой серьезно поговорить. Я прочитала письмо. Там нет ничего опасного. Пока нет. Надеюсь, ты понимаешь, что написать ответ ты не сможешь. Испания – капиталистическая страна. Переписываться с капиталистическими странами не рекомендуется. Каждый иностранец может оказаться шпионом. Ты умный мальчик и должен понимать, что администрация детдома не вправе подвергать тебя такому риску.

Забрала конверт, ушла.

Я долго рассматривал открытку, затем спрятал ее в учебник математики.

На следующее утро открытки в учебнике не оказалось.

# ВОЛГА

Волга. Великая русская река. Есть еще машина такая, тоже называется «Волга». Машины бывают разные. Когда я был маленьким, я думал, что на свете бывают только «Волги», «москвичи» и «запорожцы». В книжках писали и про другие машины, но я других машин никогда не видел.

Каждый год в мае в детдоме устраивали выпускной вечер. На выпускной вечер приглашали выпускников предыдущих лет. Многие приезжали на машинах. Учителя встречали всех, всем радовались. Радовались даже тем, кто приезжал на «инвалидках» – мотоколясках с мопедным двигателем. Особенно радовались тем, кто приезжал на «Волгах». «Волга» – дорогая машина. Если бывший ученик покупал «Волгу», он становился особенным учеником. На торжественном собрании его приглашали в президиум, ему поручали читать напутственную речь выпускникам.

Мы иногда разговаривали про машины. Дети спорили, у чьего папы машина была круче. Машины были не у всех родителей. Далеко не у всех. У некоторых дома были мотоциклы. Мотоциклы в спорах не считались. Считались именно свои машины. Своими были также машины дедушек или старших братьев. У одного мальчика не было папы, но у его мамы была машина. Он очень гордился своей мамой и своей машиной. Если родители жили недалеко от детдома и приезжали в детдом на своей машине – доказывать ничего не приходилось. Тем же, кто жил далеко, было сложнее. Можно, конечно, показывать фотографию всей семьи на фоне машины. Но кто же сразу поверит фотографии? Если папа упоминал в письме машину – тогда другое дело. Если родители пишут, что у машины пробито колесо, – значит есть машина. Родители врать не станут. Зачем им врать?

Я не знал тогда, была ли у моего папы машина. Не знаю и сейчас. Встретимся – спрошу. Я не знал тогда, что у меня самый лучший на свете дедушка. Самый-самый. Что мой дедушка – генеральный секретарь коммунистической партии. Я не знал, что он боролся за свободу испанского народа, что долгое время жил на нелегальном положении. Я не знал, что он дружил с Пикассо. Я не знал, что по России его возят на черной «Волге».

Если бы он приехал ко мне хоть один раз. Он бы приехал на «Волге» в наш маленький городок. Все бы увидели, какая у моего дедушки машина. Может быть, Пикассо передал бы мне через дедушку картину, маленькую картину. Большую, наверное, он пожалел бы дарить. Но маленькую? Эту картину повесили бы в клубе, рядом с другими картинами под портретами членов Политбюро. Там уже висели картины, которые нарисовал папа одного мальчика. У этого мальчика папа был художником-оформителем на заводе, он очень гордился своим папой и своими картинами в клубе. Нет, картину Пикассо пришлось бы вешать в учительской или в кабинете директора. Пикассо – круче, чем художник-оформитель.

Он приехал бы вместе с секретарем областного комитета Коммунистической партии Советского Союза. Нас собрали бы в клубе. Директор бы выступил с приветственной речью и предоставил бы слово моему дедушке. Все бы узнали, что мой дедушка – самый лучший на свете советский разведчик, как Рихард Зорге или Штирлиц. Это ничего, что Штирлиц был только в кино. Нам рассказывали, что настоящий Штирлиц до сих пор жив и выполняет секретную миссию.

Все бы увидели, какой у меня дедушка. Генеральный секретарь коммунистической партии – главнее, чем учителя, главнее директора детдома. Он вышел бы на трибуну читать доклад о международном положении, и все сразу бы поняли, что он самый главный там у себя, в Испании. Такой главный, что главнее некуда. Главнее не бывает. Почти такой же, как Леонид Ильич Брежнев.

Он увидел бы мой дневник с пятерками, мою фотографию на школьной доске почета. Он сразу полюбил бы меня, своего внука. Он ведь был добрый, мой дедушка. Самый добрый дедушка на свете, как дедушка Ленин, как Леонид Ильич Брежнев. Мы все знали, что Леонид Ильич Брежнев очень любит детей и каждый день заботится о том, чтобы у каждого советского школьника было счастливое детство.

Но, может быть, у него не было времени приехать. Может быть, за ним следили американские шпионы. Может быть, он был вынужден соблюдать конспирацию. Он мог бы написать мне письмо или даже послать посылку. Я получил бы посылку, огромную посылку с чорисо. Я не стал бы есть посылку один. Я бы всем дал по кусочку испанской колбасы. И учителям, и нянечкам. И даже собаке нашей трехногой дал бы кусочек. Все ели бы мою колбасу, удивлялись бы. Все бы говорили друг другу: «Какая странная в Испании колбаса, правда?» И собака бы тоже удивлялась. Но собака ничего бы не говорила. Собаки не разговаривают.

Может быть, у него не было денег на колбасу. Может быть, он, как дедушка Ленин, скрывался в шалаше. И, как дедушка Ленин, он ничего не ел, только пил морковный чай, а когда рабочие и крестьяне передавали для него продукты, он не ел их сам, а все до последней крошки отдавал детям в детские дома? Он мог позвонить. Он мог позвонить директору нашего детского дома по секретному телефону. Директор нашего детского дома был коммунистом, а коммунисты всегда помогали друг другу. Меня вызвали бы в кабинет директора и рассказали бы под большим секретом про моего самого лучшего в мире дедушку. Я бы все понял. Я был умным мальчиком. Все, что мне было нужно, – знать, что он где-то есть, знать, что он выполняет секретное задание и не может приехать. Я бы верил, что он любит меня и приедет когда-нибудь. Я любил бы его и без колбасы.

А может быть, он не боялся быть рассекреченным. Может быть, он понял бы, что американские шпионы редко заглядывают в наш маленький провинциальный городок, и мне бы разрешили рассказывать всем про моего секретного дедушку? Совсем немного рассказывать. Моя жизнь пошла бы совсем по-другому. Меня перестали бы называть черножопым, нянечки не кричали бы на меня. Когда учителя хвалили меня за хорошие отметки, им было бы ясно, что я не просто самый лучший ученик в школе, я самый лучший, как мой героический дедушка. Я был бы уверен, что после окончания школы меня не отвезут умирать. Ко мне приедет дедушка и заберет меня. Все изменилось бы для меня. Я перестал бы быть сиротой. Если у человека есть родственники, он не сирота, он нормальный человек, как все.

* * *

Игнасио не приехал.

* * *

Игнасио не написал.

* * *

Игнасио не позвонил.

* * *

Я не понимал его. Я не понимаю его. Никогда не пойму.

# ПСИХ

Детский дом. Правильное место. Если попал в детдом, тебе повезло. Закончишь школу – вернешься домой другим человеком, совсем другим. В кармане аттестат зрелости, впереди – целая жизнь. Вся жизнь впереди. Ноги нет или руки – ерунда. Вон сосед дядя Петя с войны пришел без ног и ничего, живет. Жена у него – красавица, дочка в институте иностранные языки изучает, грамотная. Все путем у дяди Пети, дядю Петю война жизни научила, тебя – детдом.

Приедешь домой, выпьете с отцом по двести пятьдесят грамм на душу, закурите. Отец все поймет, сам в армии служил, знает что почем в этой жизни. Только мама будет плакать. Это плохо. Когда женщины плачут, всегда плохо. Не плачь, мама, все у меня будет хорошо, все как у людей. Не хуже, чем у дяди Пети.

Детдом – не просто интернат. Это еще и школа. Хорошая школа, и учителя хорошие. Умные книжки, трехразовое питание. Хорошее место – детдом. Друзья хорошие. Настоящие друзья, на всю жизнь.

****

В детдом привезли новенького. Ходячий, ДЦП. Детский церебральный паралич. У меня тоже детский церебральный паралич, но у новенького все было более или менее в порядке. Неровная походка, руки расставлены в стороны. Лицо дергается в постоянной попытке сдержать слюну. Умный или дурак – по лицу не определить. Новенький, загадка. Новенький всегда загадка, всегда развлечение.

В детдоме есть смешной обычай. Когда больной ДЦП увлечется, задумается сильно или сконцентрируется на чем-либо, нужно подойти к нему незаметно и крикнуть в ухо. Человек дернется резко, если не успеет опомниться сразу, может и со стула упасть. Если просто дернется и выронит из рук ручку, то смешно не сильно. Лучше всего подкараулить его, когда он чай горячий пьет или вино. С вином смешнее всего. Чаю ему, может, еще нальют, а с вином такие штуки не проходят. Сам виноват – не уследил, расслабился.

Я знал за собой такую слабость – вздрагивать от резкого хлопка или крика, поэтому всегда в незнакомой обстановке старался занять выгодную позицию, в угол спрятаться или под стол залезть. Предусмотрительность – норма. А как же? Детдом.

Новенький зашел в комнату свободно, слишком свободно. Снял рюкзак, рухнул на ближайшую кровать. Ноги в сторону двери, рука привычно ищет в кармане платок. Достал платок, отер несуществующие слюни.

Вдруг ввалились все разом, захохотали. Друзья, будущие друзья.

– Ты че, новенький? А почему на мою койку лег?

– П-подожди. Сейчас встану. ДЦП.

Слово «ДЦП» произносится четко, со смыслом. Понятно, что человек не шутит. Плохо ему, человеку, вот и упал на кровать.

– Да ты вставай, не лежи. Уроки кончились. Сейчас хавать будем. Чаю хочешь?

Налили полную кружку чая, не пожалели. И сахару бухнули от души. Сразу видно – хорошие ребята. Приняли, значит, в свои. Собрал волю в кулак, сел, потихоньку встал, пересел на стул. Поднял двумя руками металлическую, горячую еще, кружку, попытался отхлебнуть.

– Па!!! – очень громко, слишком громко крикнул ему в ухо мальчишка на костылях.

Упал. Рука автоматически отбросила горячую кружку от себя в сторону обидчика. Не попал. Если бы в глаз! Мечтать не вредно. Выигрыш в лотерею бывает редко. Кружка врезалась в висок скотине. Максимум – синяк останется, не больше. Минута. Только минута. Всего лишь минута, пока они дружно гогочут.

Раз, два, три...

Вспомни, что ты читал про Кассиуса Клея или Мохаммеда Али, – это не важно. Они еще не знают. Они и представить себе не могут, что там, в Чувашии, ты чемпион города по боксу среди здоровых. «Среди здоровых» – титул, которым ты наградил себя сам. Все остальные титулы – наоборот, ограничивают. Чемпион мира среди здоровых – звучит как личное оскорбление. Но ты никого не оскорблял. Судья не мог придраться. Слюна течет из-под шлема, так это от ярости. Руки дрожат, ноги приплясывают – это тактика тренера. Быть всегда в образе. В образе. Постоянно играть здорового. Косить под. На самом деле ты уже знал, что здоровые не всегда здоровы. Что они лишь иногда напрягаются для решения конкретных задач. А ты напряжсн всегда. Тебе все равно, бить с левой или с правой, руки не работают. Но если надо, если очень надо, тогда можно напрячься, через боль, нервное напряжение и отвращение к повышенному слюноотделению. Тогда – можно. Тогда – все можно. Можно все, и никто не запретит. Тогда – точный удар в шлем противника. Нормальный удар. Как всегда. Как всю жизнь. Обычное дело. Никто ведь не аплодирует, когда ты застегиваешь ширинку. Они застегивают ширинку каждый день, им не дают за это ордена. И мэр города не пожимает руку на официальном приеме.

Четыре, пять, шесть...

Надо вставать. Мокрая рубашка и обожженное кипятком плечо – ерунда. Могло быть и хуже. Все могло быть. Могли навалиться ночью, накрыть покрывалом и бить. Просто так, потому что новенький. Чтобы знал свое место. Или броситься на тебя всем скопом, в открытую. Это всегда лучше, когда в открытую. Впрочем, еще не вечер, ночь наступит, будут бить. Поэтому надо вставать, срочно вставать. Быть сильным и жестоким. Не хочется драться, совсем не хочется, но надо.

Встал. Странно, они еще смеются. Они не поняли. Быстро огляделся. Подошел к мальчику, который крикнул в ухо. Маленький мальчик, младше его на пару лет, щуплый, на костылях. Зачем же он тогда? Странно. Ударил, мальчик упал, костыли отлетели. Начал бить. Бить долго не дали, навалились со спины, разняли.

— Ты чего? Он же пошутил. Шуток не понимаешь?

— П-п-понимаю.

Черт! Заикание приходит в самый неподходящий момент. Теперь подумают, что испугался.

Отпустили. Опять встал. Медленно встал и пошел в сторону лежащего на полу. Надо бить. Бить долго, тогда поверят, что ты серьезно, тогда примут как человека.

— Ты куда? Не надо, хватит.

Перед ним встал парень, с виду здоровый, вроде ровесник. Инвалидность сразу не определишь. Кажется, когда подходил, слегка подволакивал ногу.

– Хватит, успокойся. Меня Хамид зовут.

Примерился к Хамиду. Так, сначала в челюсть – упадет. Затем можно навалиться всем телом и долго бить. Долго не дадут, вмешаются, конечно. Потом придется драться со всеми сразу. Что ж, начнем.

Хамид все понял сразу. Отступил на шаг, улыбнулся:

– Ты что, псих? Теперь меня будешь бить? Я-то что тебе сделал? Колька пошутил, просто пошутил, ты его ударил. Все в расчете. Хватит.

– Хорошо. Хватит. Ночью убью. Или он меня.

Хамид улыбнулся еще раз:

– Книжек про тюрьму начитался? Здесь не тюрьма. Это детдом. Просто детдом. Никто никого не убивает. И дерутся редко. Понял? Колька просто пошутил. Садись лучше чай пить.

– Я уже напился.

Хамид молодец. Сразу видно, парень башковитый и в детдоме не первый день.

– А вина выпьешь?

– У меня три рубля.

– Еще деньги есть?

– Тебе сразу все отдавать?

– Не сердись, я пошутил.

Губы задрожали, голова немного дернулась в сторону.

Хамид понял, все понял.

– Не надо. Не заводись. Твои деньги – это твои деньги. Никто не отберет. И воруют редко. Тебя как зовут?

– Алексей.

– Леха, значит?

– Алексей.

Алексей сделал шаг вперед. Все-таки придется драться.

– Хорошо, ты – Алексей. Но ведь можно и Лехой называть? Какая разница? Это же не обидно. Дай руку.

Пожали руки.

– Пожрать привез?

Алексей улыбнулся, взял с кровати тяжелый рюкзак, бросил на стол. Дернул тесемки, рюкзак распался. Выложил содержимое, достал со дна рюкзака две пятикилограммовые гантели. Отошел, сел на кровать:

– Налетай!

Хамид не спеша раскладывал на столе провизию. Сало, лук, чеснок, несколько банок тушенки. Ни одной конфеты, ничего сладкого. Отодвинул в сторону банку с компотом.

– Компот бабушка дала, я не хотел брать, – смущенно и почти не заикаясь пытался оправдаться Леха.

– Нормально, хорошая у тебя еда. А компот тоже пригодится. Будем им водку разбавлять. Сигарет не привез?

– Не курю.

– Ну и правильно. Я тоже не курю.

* * *

Вечером пили вино.

Достали ножи, резали хлеб, сало.

Хамид делал аккуратные бутерброды из хлеба с салом, один клал на стол перед собой, другой – перед Алексеем.

Алексей попытался было помешать, мол, я и сам могу с ножом управиться, но Хамид его даже и слушать не стал:

– Расслабься. Помогать не западло. Я же быстрей тебя порежу, правильно?

Хамид достал бутылку, открыл. Налил себе полный стакан, медленно выпил. Второй налил Лехе:

– Потянешь полный?

– Мне в кружку.

Достал из рюкзака алюминиевую кружку с большой ручкой.

– А новенький-то ничего, соображает. В стакане двести грамм, в кружке – все четыреста.

– Ты не понял. Я стакан не смогу поднять. Налей полкружки, если жалко.

– Как хочешь. Я налью полную, пей. Очередь пропустишь и все.

Алексей взял стул, переставил на другой конец стола так, чтобы сидеть спиной к окну. По-

130

ложил на стол перед собой гантелю. Хамид налил полную кружку вина, поставил на стол перед Алексеем.

Это не трудно. Пить из кружки совсем не трудно. Правой рукой надо вцепиться в ручку, левой ладонью плотно обхватить кружку и медленно пить. Все равно что – хоть чай, хоть вино.

Пока пил, все молчали. Ничего себе, новенький. В первый же день выпил кружку вина без передышки. Допил, поставил кружку на стол. Достал из кармана платок, вытер лицо, огляделся.

Хамид протянул бутерброд:

– Закусишь?

– Потом.

– Ты, Леха, не обижайся. Только гантелю убери, пожалуйста, со стола. Ты психованный какой-то, еще зашибешь кого.

Вино начинало действовать. Леха засмеялся. Смеялся громко и весело. Убрал гантелю под стол. Пододвинул к себе бутерброды, начал есть.

Хороший детдом, правильный. И ребята хорошие.

# ДЕД МОРОЗ

Весна. Мы сидим с другом. Два старшеклассника в колясках. Друг курит. Курит, не пряча сигарету в кулаке, не оглядываясь на проходящих мимо учителей. Учителя тоже не обращают на него никакого внимания. Пусть курит, пусть делает что хочет. Все равно у него миопатия. Прогрессирующее заболевание. Никто не знает, сколько он проживет. Другу повезло. Этой весной его заберут домой. Навсегда.

— Знаешь, Рубен. В этом году Дед Мороз был не настоящий.

— Ты в порядке? Какой Дед Мороз? Сколько тебе лет?

— Ты не понял.

Он докуривает сигарету, поджигает от нее следующую. Аккуратными тонкими пальцами бережно убирает окурок в спичечный коробок. Точные, медленные движения. У меня бы так не получилось.

— Ты не понял, Рубен. Я в первый раз серьезно заболел на Новый год, это еще до школы было. Я тогда не знал еще, что у меня. Родители Деда Мороза вызвали. Он пришел поздно. Я не спал, мне обещали Деда Мороза. Мама зашла, увидела, что я не сплю, включила фонарики на елке. Папа его на кухню пригласил, а он не пошел на кухню, сразу ко мне. Увидел лекарства на тумбочке, костыли. Он папе сказал: «Что мы будем делать на кухне? Пошли пить под елку. У меня все равно смена кончилась». Принесли стол из кухни, водку, закуску. Хорошо было. И стихи не заставляли читать. Мне лимонад в рюмку налили. Они выпили по первой, Дед Мороз бороду снял. Хороший Дед Мороз, дядей Петей звали. А трезвых Дедов Морозов вообще не бывает.

Я понял. Я вспоминал своих Дедов Морозов. Старых и молодых, мужчин и женщин. Деда Мороза – нашу учительницу литературы, молодых Дедов Морозов – студентов из педагогического училища. Дедов Морозов – врачей, очень часто – врачей.

Раз в жизни я видел настоящего Деда Мороза. Он вошел веселый и пьяный. Дед Мороз Красный Нос. Зычным басом сказал: «Здравствуйте, дети». Мы ответили как полагается: «Здравствуй, Дедушка Мороз». Дед Мороз пел и плясал. Читал стихи. Смело и внимательно смотрел на нас. Не отводил глаз от малышей в карнавальных костюмах. Когда включили медленную музыку, он танцевал с безрукой девочкой-старшеклассницей.

Мы помнили. Мы помнили, как в прошлом году молоденький Дед Мороз читал по бумажке детские фамилии, путал текст, краснел и заикался, а когда пришло время раздавать подарки, ему стало плохо, совсем плохо. Его отвели в учительскую, напоили валерьянкой.

Этот Дед Мороз был что надо. Волшебный посох он оставил у двери, еще когда вошел. Бутафорский мешок с подарками поставил перед малышами. Малыши не брали ничего из мешка – стеснялись. Тогда он высыпал все конфеты прямо на пол под елку.

Под конец праздничного вечера Дед Мороз ушел за кулисы клуба. Вернулся без бороды и тулупа, в парадной военной форме. Надел очки, достал из кармана сложенную вчетверо бумажку. Читал, немного запинаясь, про партию и правительство, окончательную победу коммунизма и наше счастливое детство. Потом, убрав правильную бумажку в карман, громко объявил: «А сейчас мои Снегурочки раздадут всем подарки!» Выждал, пока утихнут аплодисменты, сошел со сцены и пошел к столику, где сидел директор нашего детского дома. Молодые парни с погонами курсантов на плечах, совсем не похожие на Снегурочек, внесли в зал огромные картонные коробки с подарками. Очень быстро и правильно раздали все подарки. Всем – и детям и взрослым. Хороший был Новый год, лучший Новый год в моей жизни.

Друг курил. Я рассказывал ему про своего, настоящего, Деда Мороза. Мы понимали друг друга.

– Ты прав, – сказал я, – трезвых Дедов Морозов не бывает. Трезвые Деды Морозы – не настоящие.

# СОБАКА

Она пришла сама. Зашла в ворота, с трудом запрыгнула на лавочку. Лежала, виляла хвостом. Вечер. Почти ночь. Парень вышел покурить во двор, увидел собаку. Взрослый уже человек, старшеклассник. Спрятал сигарету, быстро принес воды в консервной банке.

Без слов, незримо, передалось от одного к другому: «собака». Нарушился заведенный распорядок, дети быстро выходили во двор. Сгрудились вокруг лавочки. Каждому хотелось погладить, посмотреть на собаку.

Держать собак в детдоме было запрещено санитарно-гигиеническими правилами. Собаки разносят инфекцию, у собак бывают глисты. Время от времени какая-нибудь дворняга забредала к нам, подходила к столовой. Дети кормили ее украдкой, взрослые гнали палками. Все нормально, все как и должно быть. Наутро собаки на территории детдома уже не было. Ночью приезжала машина, собаку забирали. Нам говорили, что из собак делают мыло. Утром девочки приходили в школу с заплаканными глазами. Мальчики не плакали. Нельзя было мальчикам плакать. Только старшеклассники курили, почти не прячась. Курили на глазах у учителей, нарываясь на скандал. Взрослые старались не реагировать, взрослые были уверены, что детям надо только дать время, дети все забудут. Умные взрослые.

Вышли во двор почти все. Стояли и сидели молча.

Из медпункта вышла пожилая медсестра. Подошла, быстро глянула на собаку:

— Собаку убрать, детям мыть руки с мылом и спать. Немедленно. Что тут происходит?

Мальчик на костылях, дошкольник. Цыган. Подскочил к скамейке, встал перед женщиной.

— Ее нельзя убирать, она хорошая. Она сама к нам пришла.

Медсестра снисходительно смотрела на ребенка. Ей не впервой. Она привыкла. Она знает лучше, она знает, что именно нужно детям.

— Иди спать, мальчик. Кто дежурный? Кто отвечает за отбой?

Дежурного не было. Дежурный предусмотрительно пошел в туалет. Дежурный сидел в туалете, курил и ждал.

Мальчик стоял уверенно. Руки на костылях, нога на земле. Он не боялся взрослых, за ним был детдом, весь детдом. Все были сейчас за него.

— Ее нельзя убирать, у нее ноги нет!

Медсестра присела перед малышом:

— Надо говорить не ноги, а лапы. Понимаешь? У собак – лапы, у людей – ноги.

Вдруг осеклась. Дернулась, встала, оправила халат. Лицо спокойно, напряженно. Ни тени сомнения. Уверенное в своей правоте лицо немолодой уже женщины.

Быстро ушла, быстро вернулась. Раскрыла чемоданчик с инструментами:

– Держите ее.

Парни придерживали собаку, медсестра состригала грязные клочки шерсти с ее боков. Открытые раны заливала йодом. Собака вздрагивала, парни держали ее, а медсестра спокойно и ловко делала свою работу. Под конец острыми ножницами отрезала болтавшуюся на куске кожи лапу. Наложила повязку:

– Шерсть сжечь. Завтра вызвать ветеринара и сделать все прививки. Лапу перевязывать каждый день, бинты я дам. Если увижу, что что-нибудь не так, – собаки здесь не будет. Все понятно?

Убрала инструменты, пошла в медпункт. Строго посмотрела на молоденькую воспитательницу:

– Всем немедленно мыть руки и спать. Отбой.

Отбой так отбой. Все разошлись. Только цыган все сидел рядом с собакой. Гладил ее по голове и не хотел уходить. Собака вяло повиливала хвостом, умиротворенно смотрела на лежащие перед ней куски копченой колбасы.

Во двор вышла воспитательница, села на лавочку рядом:

– Спать иди. Поздно уже.

Мальчик молчал.

Молоденькая воспитательница, только из училища. Какой из нее педагог? Придвинулась поближе, потянулась погладить мальчика по голове, он отодвинулся, она погладила собаку:

– Да иди, иди спать. Никуда твоя собака не денется. Я директору звонила, он сказал, что посмотрит на ваше поведение и решит, что с собакой делать. Не увезут собаку. Сегодня не увезут.

Собака отъелась потихоньку. Каждый хотел покормить собаку. Малыши прятали для нее в карманах куски хлеба с завтрака. Девочки приносили ей блины, приготовленные на уроках кулинарии. Строгие и угрюмые с виду мальчики из старших классов выносили ей закуску, оставшуюся после пьянок. Повара сначала тайно, потом в открытую кормили ее кухонными остатками.

За зиму у собаки отросла шикарная рыжая шерсть. Ее так и прозвали – Рыжая. Девочки причесывали ее раз по двадцать на день, заплетали косички. Она все терпела. Девочек она любила больше, чем мальчиков.

Мальчики играли с ней. Мальчики читали книги по дрессуре животных. Собака прыгала через обруч, подавала попеременно левую и правую лапу. Знала команды: «замри», «сидеть», «лежать». Больше всего она любила команду «апорт». Часами могла приносить брошенный мячик. Тем, кто сидел в коляске, подавала принесенный мяч прямо в руки. Она со всеми играла, ко всем подходила. Тем, кто не мог бросать мячик, просто клала голову на колени. Умная была собака. Все понимала, все умела. Не могла только ходить на задних лапках. Да и не нужно было ей вытанцовывать за кусок хлеба, заискивать перед людьми. Еду ей давали и так.

Директор детдома, суровый директор с черным портфелем, однажды, придя на работу, наклонился к собаке, потрепал ее по рыжей шерсти. Спросил серьезно:

— Как жизнь? Жалоб нет? Документы в порядке?

Ее ветеринарные справки были в полном порядке. Все у нее было в порядке. Она скакала на трех ногах, весело тявкала на чужих. Своих узнавала моментально. И тех, кто еще не был зачислен в школу, и тех, кто уже давно в нашей школе не учился. Безошибочно отличала своих от чужих.

К нам иногда заходили чужие. Чужих собак теперь гнали палками не только взрослые. Чужим собакам было запрещено появляться на закрытой территории детдома. У чужих собак были глисты и блохи. В чужих собак стреляли из рогаток. Весной пришел чужой. Сказал, что бывший хозяин. Не поверили. Вошел, потянулся погладить Рыжую. Поверили. Добрая собачка кинулась на землю, зарычала. Злобный рык перешел в визг. Прижалась к земле, завизжала. Подскочила, поджала хвост и убежала в кочегарку.

В первое же утро ее жизни в детдоме на уроке труда собрали ей домик. Будку собачью строили по специальному плану. Двойные стены, теплый дощатый пол. Девочки застелили пол будки старыми одеялами. Кто-то принес подушку. Домашнюю подушку, без казенной печати. Малыши несли ей в будку теплые домашние вещи, любимые игрушки. Старшие девочки регулярно раздавали все это малышам, ругали их, объясняли, что так делать нельзя, – бесполезно. Время от времени кто-нибудь все равно приносил в собачью будку теплые человеческие подарки. Она спала в будке, будка ей нравилась. Зимой, когда было особенно холодно, собака ночевала в кочегарке. Очень добрый мужик-кочегар когда-то учился в нашем детдоме. Руки и ноги у него были. Здоровый, красивый мужик. Только не очень умный. Почти немой. За десять лет школьного обучения он так и не научился читать и писать. Кому он такой нужен в том чужом, холодном мире за воротами детдома? Когда ему становилось грустно, он покупал водку. Водку и мороженое. Водку он пил один, а мороженое делил с собакой. Часто он сидел пьяный возле кочегарки, мычал что-то очень важное, собака ела одно за другим мороженое. Им было хорошо вдвоем. За водку его не ругали. Все знали, что, сколько бы он ни выпил, кочегарка не прекращала работать. Даже очень пьяный, он старательно загружал уголь в топку. Хороший кочегар.

Чужой размахивал руками, пытался доказывать и требовать. Взрослые не обращали на его доводы никакого внимания, взрослые пригрозили вызвать милицию. Он вышел за ворота, стоял, ждал чего-то.

Черноглазый мальчик, стриженный наголо, шустрый цыганчонок. Быстро скакал на костылях, снашивая единственный ботинок до дыр. Подскочил, глянул на чужака внимательно, дернул за рукав:

— Дядя, дядя, купи ножичек.

Вытряхнул на ладонь из рукава перочинный ножик с блестящей наборной ручкой. Вскинул руку — нет ножика. Опустил — ножик снова лежал на протянутой ладони. Простой фокус.

Мужчина нагнулся к малышу:

— Дай сюда. Рано тебе еще такими игрушками баловаться.

— Сейчас. Деньги давай. Это мой ножик.

Мальчик бросил нож через плечо, показал пустые руки. Взялся за костыли, собрался убегать.

— Погоди. Позови кого-нибудь из старших.

Вышел старшеклассник. Выпускник. Высокий парень, рыжая челка упрямо падает на глаза, волосы закрывают уши. Рукав рубашки аккуратно заправлен под ремень.

Сели на лавочке возле ворот детдома. Парень достал из кармана папиросы, щелчком выбил папиросу из пачки, перехватил губами. Спрятал пачку в карман. Достал спичечный коробок. Прижимая мизинцем коробок к ладони, большим и указательным пальцами ловко вынул спичку из коробка, чиркнул, закурил. Все быстро, очень быстро.

— Тебе чего, дядя?

— Собаку отдайте. Я понимаю все, не маленький. Отъелась она у вас, шерсть отросла. Бутылку водки дам.

Парень курил, молчал.

— Да ладно, я не жадный. Две дам. Две бутылки водки.

— Твоя собака?

— Моя.

— Сейчас проверим. Она у тебя родилась без ноги или стала такой? Ты смотри, я в этом разбираюсь.

— Стала.

— А зачем это она тебе вдруг понадобилась?

— Шапку сделаю. Вон вы ее как откормили. Хорошая шапка получится.

— Понятно. Ну что ж, неси водку, забирай собаку.

— Как это «забирай»? Ты мне ее на ошейнике выведи.

— Ошейник с собой?

— Конечно.

Парень докурил, смерил дядю взглядом. Невысокий дядя, ниже его на голову.

– Слушай, дядя, купи ножичек.

– Вы все тут чокнутые? Мне уже один предлагал. Салага.

– Ты прав, дядя, он – салага, и ножичек у него дрянь. Ты у меня купи.

Парень поднес руку с ножом к дядиному лицу, щелкнул кнопкой. Вышло лезвие, тонкое, длинное лезвие. Почти неуловимым на взгляд движением тренированной руки сложил нож. Щелкнул кнопкой еще раз. Снова сложил нож, убрал в карман:

– А может, тебе кастет нужен? Ты приходи к воротам, как стемнеет. Не стесняйся. Я хорошие кастеты делаю. И беру недорого.

– Мне собака нужна.

– Ну, как хочешь.

Встал, пошел к воротам. Остановился на минуту, заулыбался, засветился весь от счастья. Как будто вспомнил что-то родное и светлое.

– Слушай, дядя, а пошли сейчас, ты ее и заберешь. Даром.

Дядя повеселел:

– Пошли.

– Только сам смотри. Она сейчас в кочегарке. У кочегара запой. Он водки, наверное, ящик вчера притащил. Кочегар у нас мужик здоровый, одной рукой машину за бампер поднимает, домкрата не надо. У него только с головой не в порядке. Слышит плохо. Но ты говори медленнее, он поймет. А знаешь что? Ты прямо с главного начни, с шапки. Про шапку он поймет.

Мужичок догадался наконец, что его разыгрывают. Ругнулся негромко и поковылял прочь. Дикие они, детдомовцы, злые.

Когда-нибудь. Когда-нибудь я куплю себе собаку. Умного лабрадора, породистого, дорогого пса. Он будет открывать мне двери, подавать упавшие вещи. Когда-нибудь я забуду ту детдомовскую собаку. Хорошую собаку, рыжую, без ноги.

# РУКИ

У меня нет рук. То, чем я вынужден обходиться, можно назвать руками лишь с большой натяжкой. Я привык. Указательным пальцем левой руки я могу печатать на компьютере, в правую можно вложить ложку и нормально поесть.

Жить без рук можно. Я знал безрукого парня, который неплохо приспособился к своей ситуации. Он делал все ногами. Ногами ел, причесывался, раздевался и одевался. Ногами брился. Даже научился пришивать пуговицы. Нитку в иголку он также вдевал самостоятельно. Каждый день он тренировал свое мальчишеское тело – «качался». В детдомовских драках он без особенных усилий мог ударить соперника ногой в пах или в челюсть. Пил водку, зажав стакан зубами. Нормальный детдомовский пацан.

Жить без рук не так уж и тяжело, если у тебя есть все остальное. Все остальное – мое тело – развито еще хуже, чем руки. Руки – главное. Можно сказать, что главное в человеке голова. Можно и не говорить. И так ясно, что голова без рук выжить не сможет. Неважно, свои это руки или чужие.

У Сергея руки были. Две абсолютно здоровые сильные руки. Выше пояса все у него было нормально. Руки, плечи, голова. Светлая голова. Сергей Михайлов. Сережа.

В школе он был одним из лучших учеников. Этого ему было мало. Он постоянно читал научно-популярные журналы, участвовал в заочных конкурсах для школьников, выполнял опубликованные в журналах задания, посылал, ему присылали какие-то грамоты.

Ниже пояса лежали в постоянной позе лотоса две скрюченные ножки. Ниже пояса он ничего не чувствовал, абсолютно ничего, поэтому вынужден был постоянно носить мочеприемник. Когда моча из мочсприемника проливалась, он менял свои штаны сам. Он все делал сам. Ему не надо было звать нянечек, унижаться, просить помощи. Он сам помогал другим, тем, кому повезло меньше. Кормил друга с ложки, помогал мыть голову, переодеваться.

У него не было родителей. Он не был ходячим. После школы его отвезли в дом престарелых.

В доме престарелых его положили в палату с двумя дедушками. Безобидные дедушки. Один, сапожник, варил сапожный клей на электрической печке, другой, доходяга, почти ничего уже не соображал, с его кровати стекала моча. Сменного белья Сереже не дали. Объяснили, что менять штаны ему положено раз в десять дней.

Три недели он лежал в палате с запахом дерьма и сапожного клея. Три недели ничего не ел, старался пить меньше воды. Привязанный к своему мочеприемнику, он не решился выползти на улицу голым, чтобы в последний раз увидеть солнце. Через три недели он умер.

Через год в этот дом должны были отвезти меня. У Сергея были руки, у меня не было.

# ДОМ ПРЕСТАРЕЛЫХ

С десяти лет я боялся попасть в дурдом или в дом престарелых.

Не попасть в дурдом было просто. Надо было всего лишь хорошо себя вести, слушаться старших и не жаловаться, никогда не жаловаться. Тех, кто жаловался на плохую еду или возмущался действиями взрослых, время от времени отвозили в дурдом. Они возвращались тихими и послушными, а по ночам рассказывали нам страшные истории про злых санитаров.

В дом престарелых попадали все, кто не ходил. Ни за что, просто так. Избегали дома престарелых только те, кто мог получить профессию. После окончания школы умные выпускники поступали в институты, те, кто попроще, – в техникумы или училища. В институты поступали только самые старательные и одаренные ученики. Я учился лучше всех. Но я не был ходячим.

Иногда после окончания школы неходячего забирали домой родственники. У меня родственников не было.

* * *

После того как я узнал, что в определенный день меня отвезут в это страшное место, положат

148

на кровати и оставят умирать без еды и ухода, для меня все изменилось. Учителя и воспитатели перестали быть авторитетными и мудрыми взрослыми. Очень часто я слушал учителя и думал, что, возможно, именно этот человек отвезет меня умирать.

Мне рассказывали про теоремы и неравенства. Я автоматически усваивал материал урока.

Мне рассказывали про великих писателей, это было неинтересно.

Мне рассказывали про фашистские концлагеря – я внезапно начинал плакать.

Когда очередная нянечка в очередной раз начинала на меня орать, я с благодарностью думал, что она права, она имеет право на меня кричать, потому что ухаживает за мной. Там, куда меня отвезут, давать мне горшок никто не будет. Она, эта полуграмотная женщина, хорошая, я – плохой. Плохой, потому что слишком часто зову нянечек, потому что слишком много ем. Плохой, потому что меня родила черножопая сука и оставила меня им, таким хорошим и добрым. Я – плохой. Чтобы стать хорошим, надо совсем немного, совсем чуть-чуть. Это могут почти все, даже самые глупые. Надо встать и пойти.

Учителя не понимали, почему я все время плачу. Почему не хочу ни с кем из них разговаривать, писать сочинения на «свободную» тему. Даже самые умные и добрые из них, самые-самые лучшие отказывались говорить со мной о моем будущем. Другие темы меня не интересовали.

* * *

В тот год, когда я закончил восьмилетку, в нашем детдоме закрыли девятый и десятый классы. Старшеклассников развезли по другим детским домам, некоторых отвезли в дурдом. В обычный дурдом нормальных на голову ребят. Им не повезло: как это часто бывает у больных церебральным параличом, они имели дефекты речи. Приехавшая комиссия церемониться не стала, отправила их в специнтернат для умственно отсталых.

Я остался единственным переростком. По закону мне полагалось право на десятилетнее обучение, но закон мало кого интересовал.

Меня повезли в дом престарелых.

Детдомовский автобус жутко трясло, ехали по каким-то кочкам. В дом престарелых меня вез сам директор детского дома. Он широко улыбался золотыми зубами, курил «Космос» – он всегда курил только «Космос». Курил и смотрел в окно перед собой.

Вынесли из автобуса вместе с коляской. Все-таки я был привилегированным инвалидом. Выпускникам детдома иметь коляски не полагалось. Их отвозили в дом престарелых без колясок, кла-

150

ли на кровать и оставляли. По закону дом престарелых в течение года должен был выдать человеку другую коляску, но это по закону. В том доме престарелых, куда меня отвезли, была всего одна коляска. Одна на всех. Те, кто мог самостоятельно перелезть на нее с кровати, «гуляли» на ней по очереди. «Гулянье» ограничивалось крыльцом интерната.

Осень. Сентябрь. Еще не холодно. Низкое деревянное строение дореволюционной постройки. Забора нет. По заросшему лопухами двору бродят какие-то странные люди в зипунах и шапках-ушанках.

Пел хор. Постоянный хор пожилых женских голосов. Бабушек не видно, они все в помещении. Пение слышится изнутри:

> Ох, цветет калина
> В поле у ручья.
> Парня молодого
> Полюбила я...

Никогда. Никогда ни до, ни после этого случая я не слышал подобного обреченно-жалобного пения. Когда ехал в автобусе – волновался. После того как услышал хор, волнение переросло в апатию. Мне стало все равно.

Мою коляску закатили внутрь. В коридоре было темно, пахло сыростью и мышами. Завезли в какую-то комнату, оставили и ушли.

Небольшая комната. Облезлые стены. Две железные кровати и деревянный стол.

Через некоторое время в комнату заходят директор детдома с чиновником дома престарелых и нянечкой. То, что это нянечка, я определяю по синему халату.

Нянечка подходит ко мне. Внимательно рассматривает:

– Ой, какой молоденький! Что делается? Уже и таких привозят. Что делается? Совсем люди совесть потеряли.

Уходит.

Директор детдома нервно курит, деловито продолжая прерванный разговор:

– А может, все-таки возьмешь? Ну, очень надо.

– И не проси. Ты пойми меня правильно. Вот ему сейчас шестнадцать лет. Так?

– Пятнадцать, – машинально поправляю я.

– Пятнадцать, – соглашается мужчина. – Умрет он у меня через месяц, максимум два. Хоронить я имею право только лиц не моложе восемнадцати. Это же дом престарелых, ты понимаешь? Где я буду держать его эти два года? А холодильники все сломаны. Сломаны, понимаешь? И вспомни, вспомни, что ты мне ответил год назад, когда я попросил тебя помочь с холодильниками? Вспомнил? И не проси. Вези вон его в дом-интернат для умственно отсталых, они имеют право хоронить хоть младенцев.

– Не решай сразу, пойдем поговорим. Мне позвонить надо.

Они уходят.

Я сижу один. Сумерки. По коридору пробегает кошка.

Внезапно комнату заполняет какой-то странный и очень неприятный запах. Воняет все сильнее. Я не понимаю, что происходит.

Входит нянечка, вносит поднос. Ставит поднос на стол, включает свет. Я имею честь видеть источник странного запаха. Это гороховая каша. Зеленый слипшийся комок, вид которого соответствует запаху. Кроме каши на подносе тарелка борща и кусок хлеба. Ложки нет.

Нянечка смотрит на поднос, замечает отсутствие ложки. Выходит. Приносит ложку. Ложка вся в засохшей гороховой каше. Нянечка отламывает от моего куска хлеба корку и небрежно вытирает ею ложку. Бросает ложку в борщ.

Подходит ко мне. Пристально вглядывается:

– Нет. Зиму не переживет. Это точно.

– Извините, – говорю. – А почему тут так темно и от окна дует?

– Это изолятор, хорошая комната, и к печке близко. А тебя определят в общую палату для лежачих. Там действительно дует. Я же сказала, зиму не переживешь. Дом-то старый.

– А кошек у вас много?

– Нет у нас никаких кошек.

– Но я видел, как по коридору пробегала кошка.

– Это не кошка, это крыса.

– Как крыса? Днем?

– А что? И днем и ночью. Днем-то еще ничего, а ночью, когда они по коридору бегают, мы в своей комнате запираемся и выходить боимся. А они злющие, недавно одной лежачей бабушке уши отъели. Ты ешь, остынет.

Выходит.

Я пододвигаю к себе тарелку, машинально хлебаю борщ. Дерьмо. Борщ – дерьмо. Каша – дерьмо. Жизнь – дерьмо.

Сижу. Думаю. Внезапно в комнату вбегает директор. Радостно потирает руки:

– Ну что, Гальего, не оставляют тебя здесь и не надо. Поедем назад, в детдом. Хочешь в детдом?

– Хочу.

– Ну и правильно.

Смотрит на тарелки с едой.

– Еще к ужину успеешь. И в психоневрологический интернат мы тебя не повезем. Понятно? – И медленно повторяет: – Га-лье-го.

– Гонсалез Гальего, – поправляю я его.

– Чего? Много ты понимаешь. Сказал Гальего, значит, Гальего.

Мы приезжаем в детдом. Успеваем к ужину.

– Ну, расскажи, как там? – просит меня за ужином парень в коляске.

– Ночью, – говорю я. – Ночью расскажу.

# ЯЗЫК

Интернат. Дом престарелых. Дом последнего моего убежища и пристанища. Конец. Тупик. Я выписываю в тетрадку неправильные английские глаголы. По коридору везут каталку с трупом. Дедушки и бабушки обсуждают завтрашнее меню. Я выписываю в тетрадку неправильные английские глаголы. Мои сверстники-инвалиды организовали комсомольское собрание. Директор интерната зачитал в актовом зале приветственную речь, посвященную очередной годовщине Великой Октябрьской социалистической революции. Я выписываю в тетрадку неправильные английские глаголы. Дедушка, бывший заключенный, во время очередной пьянки проломил костылем голову соседу по палате. Бабушка, заслуженный ветеран труда, повесилась в стенном шкафу. Женщина в инвалидной коляске съела горсть снотворных таблеток, чтобы навсегда покинуть этот правильный мир. Я выписываю в тетрадку неправильные английские глаголы.

Все правильно. Я – не человек. Я не заслужил большего, не стал трактористом или ученым. Меня кормят из жалости. Все правильно. Так надо. Правильно, правильно, правильно.

Неправильные только глаголы. Они упрямо ложатся в тетрадку, пробираются сквозь шелест радиопомех. Я слушаю неправильные глаголы неправильного, английского, языка. Их читает неправильный диктор из неправильной Америки. Неправильный человек в насквозь правильном мире, я упорно учу английский язык. Учу просто так, чтобы не сойти с ума, чтобы не стать правильным.

# ТРОСТЬ

Дом престарелых. Страшное место. От бессилия и отчаяния люди черствеют, души их покрываются непробиваемыми панцирями. Никого ничем невозможно удивить. Обычная жизнь обычной богадельни.

Четыре нянечки катили бельевую тачку. В тачке сидел дедушка и истошно орал. Он был неправ. Сам виноват. Накануне он сломал ногу, и сестра-хозяйка распорядилась перевести его на третий этаж. Третий этаж для человека со сломанной ногой – смертный приговор.

На втором этаже оставались его собутыльники или всего лишь знакомые. На втором этаже еду разносили регулярно, а нянечки выносили горшки. Ходячие друзья могли позвать врача или нянечку принести печенье из магазина. На втором этаже гарантированно можно выжить со здоровыми руками, продержаться до тех пор, пока не заживет нога, пока снова тебя не причислят к ходячим, не оставят в списке живых.

Дедушка грозно кричал о своих бывших заслугах на фронте, объяснял про сорок лет шахтерского стажа. Строго грозил пожаловаться вышестоящему начальству. Дрожащими руками протягивал в сторону нянечек горсть орденов и медалей. Чудак! Кому нужны были его побрякушки?

Тачка уверенно катилась по направлению к лифту. Нянечки не слушали его, делали свою работу. Крик дедушки стал тише, он перестал угрожать. Отчаянно цепляясь за свою никчемную жизнь, он уже только просил. Умолял не переводить его на третий этаж именно сегодня, подождать пару дней. «Нога заживет быстро, я смогу ходить», – тщетно пытался разжалобить нянечек бывший шахтер. Потом заплакал. На мгновение, всего лишь на мгновение он вспомнил о том, что был когда-то человеком. Дернулся из тачки, вцепился мертвой хваткой в дверцу лифта. Но что могут поделать старческие руки с силой четырех здоровых теток? Так, плачущего и стонущего, его и закатили в лифт. Все. Был человек – и нет человека.

* * *

Разными путями попадали в наше заведение постояльцы. Кого-то привозили родственники, кто-то приходил сам, устав бороться с тяготами вольной жизни. Но увереннее всех, проще остальных чувствовали себя в богадельне зэки. Бывшие заключенные, матерые волки, не нажившие себе на свободе ни дома, ни семьи, попадали прямиком к нам после окончания своего тюремного срока.

Шум, крики с утра. Нянечки орут матом на сухонького подвижного старичка. Напрасно орут. Он и на самом деле не хотел прибавить им работы.

Все было как всегда. Они играли в карты с соседом по палате, пили водку. Карта пошла не в масть или сосед попытался мухлевать – не разберешь, да только двинул дедушка своего собутыльника тростью по голове так, что кровью из разбитой головы оказались залиты и комната, и туалет, куда потащился покалеченный картежник, и коридор от палаты до туалета. Не хотел он пачкать пол, не хотел, так получилось.

Старичок сразу по прибытии в интернат залил обычную алюминиевую трость свинцом, ходил, опираясь на нее. Тридцать лет тюремного стажа приучили его заботиться о своей безопасности. А хорошая тяжелая трость в драке не помешает. Любил он свое орудие, нравилось ему иметь под рукой абсолютную гарантию личной неприкосновенности. А за испачканный пол он искренне извинился. Его простили, но от греха подальше перевели на всякий случай в отдельную комнату.

Как всегда, с утра пораньше нянечки подняли шум. Все нормально, ничего страшного. Дедушку-зэка разбил инсульт. Инсульт – это серьезно. Проснулся дедушка, а правая половина тела не подчиняется пораженному мозгу. Правая рука висит плетью, правая нога не шелохнется тяжелым грузом. Улыбка в пол-лица и страшный приговор – третий этаж. Бегает суетливая сестра-хозяйка, отдает распоряжения. Нянечки уже позавтракали, весело, не спеша идут выполнять волю начальства. Торопиться некуда – дедушка никуда не денется.

Только не торопился зэк на тот свет. Не надоело ему солнышко, не выпил он еще свою норму водки. Тяжело кряхтя, перехватил трость левой рукой, лежал, ждал.

Пришли нянечки. Удивленно смотрели они на старика с поднятой тростью.

Зэк с ходу, не давая опомниться, глянул на вошедших, заговорил. Тяжелый колючий взгляд затравленного зверя, тяжелая трость не дрожит в руке пожилого человска.

– Что? Брать пришли, суки? Давай, подходи. Ты первая будешь? Или ты? Голову проломлю, обещаю. Не убью, так покалечу.

Уверенно смотрел, прямо. Понимал мужик, что на понт берет. Что он, парализованный, мог поделать с четырьмя здоровыми сельскими тетками? Навалились бы все вместе, отобрали палку. Только никому не хотелось быть первой. Боялись увечий, палки его боялись. Ведь ударит уголовник, не пожалеет.

Ни секунды не колебались женщины, вышли все разом. Сестра-хозяйка бегала по коридору, кричала на них, уговаривала – бесполезно. Ей посоветовали войти к зэку первой и отобрать палку.

В бессильной злобе сестра-хозяйка вызвала участкового.

Участковый, серьезный мужик, пару лет до пенсии. Приехал на срочный вызов – военная выправка, пистолет в кобуре.

Зашел в комнату к зэку, посмотрел на нарушителя общественного порядка. На постели лежал сухонький старичок и зачем-то держал в руке трость.

– Нарушаешь общественный порядок?

– Что вы, гражданин начальник, какой порядок? Не видите, как скрутило?

Милиционер нагнулся над больным, откинул простыню.

– Врача вызывали?

– Медсестра приходила, укол сделала.

– А от меня что им надо?

– Вы у него палку отберите, а дальше мы сами, – встряла в разговор сестра-хозяйка.

– Выйдите, гражданка, не мешайте производить следственные действия, – цыкнул на нее милиционер. Прикрыл дверь, пододвинул стул к кровати, сел.

– Менты на зоне так не лютовали, как они, – начал оправдываться зэк. – На третий этаж меня хотят перевести, там у них отделение для доходяг.

– За что?

– Кто их знает? Бабы...

– Бабы, – задумчиво повторил участковый, – не понимаю я их.

Помолчали.

Участковый встал, вышел из комнаты:

– Так, гражданки. С подопечным вашим проведена воспитательная беседа, он обещал исправиться и общественный порядок больше не нарушать. А если что серьезное совершит, вы не сомневайтесь: приедем, протокол составим и привлечем его к ответственности по всей строгости закона.

Поправил фуражку, глянул недобро на теток в белых халатах и пошел к выходу.

А дедушка отлежался после инсульта. То ли уколы сердобольной медсестры помогли, то ли звериная жажда жизни вытяпула сго с того света, но стал он потихоньку сначала садиться, затем встал на ноги. Так и ходил по интернату, подволакивая парализованную ногу, уверенно держа трость в левой руке. Хорошая трость, тяжелая, отличная вещь, надежная.

# ГРЕШНИЦА

Дом престарелых. День перетекает в ночь, ночь плавно переходит в день. Времена года сливаются, время уходит. Ничего не происходит, ничего не удивляет. Одни и те же лица, одни и те же разговоры. Только иногда хорошо знакомая реальность встрепенется, взбунтуется и выдаст что-нибудь совсем необычное, не укладывающееся в простые и привычные понятия.

Она жила в интернате всегда, кажется, со дня его основания. Скромная и тихая, маленький человек в большом и жестоком мире. Маленькая женщина. Рост ее не превышал роста пятилетнего ребенка. Маленькие ручки и ножки были непрочно скреплены хрупкими суставами, так что ходить она не могла. Лежа лицом вниз на низенькой платформе с подшипниками, ножками она отталкивалась от пола, так и передвигалась.

Работала эта женщина в цехе ритуальных услуг. Был такой цех при нашем скорбном доме. Украшения на гроб, венки из искусственных цветов и прочую похоронную мишуру делали интернатовские бабушки почти для всех покойников небольшого городка. Венки можно было заказать и в мастерской при кладбище, но общепризнанно было, что венки там были дороже, делали их кое-как, без должного почтения к столь щепетильным и значимым предметам. Год за годом она скручивала из цветной бумаги аккуратненькие цветочки, вплетала их в кладбищенские венки – почтительное выражение трогательной заботы о мертвых.

Никто не обижал несчастную, сотрудники интерната не замечали ее медленно ползущую по коридору тележку, помощи она не просила, до туалета и столовой добиралась сама. Буйные алкаши, время от времени терроризирующие всех обитателей богадельни, не решались трогать беззащитное существо.

Так и жила она. Днем скручивала цветочки для покойников, по вечерам вязала кружевные салфеточки или вышивала гладью. Изо дня в день, из года в год. Нормально жила. Небольшую комнатку она постепенно приспособила под свои скромные размеры. Матрац на полу, низенький столик, кукольный стульчик, кружевные салфетки и вышитые подушечки.

Долго жила, слишком долго. Далеко за сорок перевалило бабушке. Зажилась. После очередного собрания решило начальство, что пора ее уже переводить на третий этаж. Обычное плановое мероприятие. Нормальный темп работы хорошо организованной машины. А на третьем этаже ее положат на обычную большую кровать в комнату с тремя доходягами и оставят медленно умирать.

Отберут единственное ее достояние – свободу самостоятельно себя обслуживать.

Тихо прожила она всю свою долгую жизнь, никогда ничего у начальства не просила, а тут внезапно стала записываться на прием к директору. Часами сидела в очередях, а дождавшись своего законного права, слезно просила не выселять из комнатки, умоляла позволить ей дожить свой век в привычной обстановке. Ее неизменно выслушивали, неизменно отказывали, а позже и вовсе стали гнать из очереди на прием.

В ночь перед намеченной датой переселения она повесилась на дверной ручке. Грешница.

# ОФИЦЕР

В дом престарелых привезли новенького. Крупный мужчина без ног сидел на низенькой тележке. Уверенно огляделся и медленно въехал в помещение. Сориентировался сразу, без подсказки. Не спеша объехал весь наш трехэтажный дом, помещение за помещением. Начал со столовой. Было время обеда. Посмотрел, чем кормят, невесело усмехнулся, есть не стал. Поднялся на лифте на третий этаж – этаж смертников, отделение для доходяг. Без паники и суеты заглядывал в каждую комнату, не зажимал брезгливо нос, не отворачивался от правды. Увидел беспомощных стариков, неподвижно лежащих на кроватях, услышал стоны и крики. К вечеру вернулся в отведенную ему комнату, лег на кровать.

Хорошая комната на втором этаже. С одним соседом. На двери красивая табличка с надписью: «Здесь живет ветеран Великой Отечественной войны». Нормальные условия для жизни. Можно три раза в день посещать столовую, есть то, что дают, по вечерам вместе со всеми смотреть телевизор. Положенная часть пенсии с лихвой покроет нехитрые потребности пожилого человека – сигареты, чай, печенье. Если захочется, никто и ничто не помешает покупать водку и пить ее на пару с соседом, вспоминать прошлое, рассказывать друг другу о том, какими они были раньше, как воевали и побеждали, всегда побеждали. Можно до тех пор, пока остаются силы в руках, дотолкать свою тележку до туалета, пока рука держит ложку, пока хватит жизни ежедневно бороться за право считать себя человеком.

В тот вечер водки у них не было. Сосед попался добродушный. Уже смирившийся с казенной жизнью, тихий старичок весь вечер и половину ночи слушал рассказ новенького. Безногий четким командирским голосом подробно описывал всю свою жизнь. Но о чем бы ни начинал он рассказывать, все сводилось к одному: на войне он был офицером дальней разведки.

Офицеры дальней разведки. Проверенные, смелые бойцы, лучшие из лучших, самые-самые. Элита. Через минные заграждения пробирались они на вражескую территорию, уходили в глубокий тыл. Возвращались не все, те, кто возвращался, шел в тыл врага снова и снова. На войне как на войне. Они не бегали от смерти, ходили на задания, делали, что прикажут. Смерть не самое худшее, что может случиться с человеком. Боялись плена – позора, унижения, беспомощности. Пленных и раненых в дальней разведке не было. По инструкции человек, замедляющий передвижение группы, должен был застрелиться. Правильная инструкция. Смерть одного лучше смерти всех. Один убивал себя, остальные шли дальше –

выполнять задание, бить врага. Мстить за свою страну, за погибших друзей, за того, кто добровольно ушел из жизни ради общего дела. Если ранение было настолько тяжелым, что солдат не мог застрелиться сам, рядом всегда был друг, вынужденный помочь. Настоящий друг, не трепло, не собутыльник или просто сосед по подъезду. Тот, кто не предаст, поделится последним куском хлеба, предпоследней пулей.

Офицер все рассказывал и рассказывал. Про то, как подорвался на мине. Как просил друга: «Застрели». Несчастный случай произошел недалеко от границы, друг дотащил сго до своих, десяток километров – не глубокий тыл. Как боялся всю жизнь быть в тягость, работал в артели, шил мягкие игрушки. Женился, вырастил детей. Дети хорошие, только не нужен им уже безногий старик.

А под утро офицер перепилил себе горло перочинным ножиком. Долго пилил. Маленький тупой ножик. И ничего не услышал сквозь чуткий старческий сон его сосед-бедолага. Ни звука, ни стона.

Умер офицер дальней разведки. Правильно умер, по Уставу. Только не было рядом друга, настоящего друга, который выкурил бы с ним последнюю сигарету, дал пистолет и отошел тактично в сторону, чтобы не мешать. Не было друга рядом, не было. Жаль.

# КОРМИЛИЦА

Бабушки умирали весной. Умирали они в любое время года, постоянно, но больше всего умирало именно весной. Весной становилось теплее в палатах, весной открывали двери и окна, впуская свежий воздух в затхлый мир дома престарелых. Жизнь весной улучшалась. Но они, упрямо цепляясь за жизнь всю зиму, ждали весны только для того, чтобы расслабиться, отдаться на волю природы и спокойно умереть. Дедушек в интернате было гораздо меньше. Дедушки умирали, не принимая во внимание сезонных изменений. Дожить до весны они не стремились. Если жизнь отказывала им в очередной поблажке в виде бутылки водки или хорошей закуси, они уходили в мир иной не сопротивляясь.

Я сижу во дворе интерната. Сижу один. Мне не скучно, совсем не скучно. Я смотрю на весну. Я молод, я уверен, что проживу на свете еще не один год. Для меня весна не имеет такого значения, как для пожилых людей.

В дверях показывается человек. Очень дряхлая старушка идет, опираясь на спинку стула. Резким движением она вскидывает все тело, на мгновенье опираясь на ноги, руками на несколько сантиметров толкает стул вперед. Затем, тяжело опираясь, медленно подволакивает к стулу ноги.

Оглядевшись вокруг и не заметив во дворе знакомых лиц, уверенно направляется в мою сторону. Еще один собеседник, еще одна история.

Бабушка подходит ко мне, устанавливает стул напротив моей коляски, медленно, тяжко садится.

Всю войну она проработала в колхозе. Работала с утра до вечера. Денег им не платили. Да и какие деньги? Цель одна: все для фронта, все для победы. На трудодни выдавали крупу. Из крупы варили кашу. Только кашу, ничего больше. Даже хлеба не было. После войны стало полегче – муж пришел живой и неврсдимый. Подались с мужем в город. Муж шоферил, она на швейную фабрику пошла. Муж быстро спился в городе, умер. Как лучшие годы своей жизни вспоминала женщина жизнь в городе. Восемь часов в день отработала – и свободна. На фабрике каждый день – обед: первое, второе и компот. Хорошо. После работы всем коллективом ходили копать котлованы под новостройки, добровольно и бесплатно. Называлось это «комсомольский призыв». С гордостью перечисляла новостройки города, где есть и ее вклад. Котлованы копали допоздна, зимой на стройках включали прожекторы. И все добровольно, радостно. Вечером приходила домой, ела что-нибудь и падала на кровать. Утром – опять на фабрику. По воскресеньям – кино. Хорошо жили.

Вышла на пенсию в шестьдесят. Зрение слабое, не для швейной фабрики. Через полгода упала с инсультом. Соседи отвезли в дом престарелых. Думала – все, конец. Тут соседка по палате пить попросила. Медленно встала, помогла соседке, сама попила, вроде легче стало. Осмотрелась в доме престарелых. Все хорошо, крыша над головой есть, еда. Одно плохо – все хорошо, пока ноги держат. Если сляжешь, подойти будет некому. Поставят на тумбочку возле кровати тарелку с кашей – живи как хочешь. Кричи не кричи, никто не подойдет. Испугалась. Руки к работе привыкли, дела просили. Ходила по комнатам, кормила лежачих с ложки. После завтрака начинала свой ежедневный обход. Не успевала покормить всех завтраком, наступало время обеда, после – ужина. Изо дня в день, от завтрака до ужина. Кормить всех не успевала. Решила для себя, что будет кормить только самых слабых, тех, кто при смерти. Тем, кто посильнее, подавала в руку кусок хлеба с обеда. Хлеб в руке – уже не умрешь.

В комнатах – вонь, запах разложения и смерти. Бабушки часто просили горшок, некоторые – переменить белье. Подать горшок просили чаще, чем еду, чаще, чем воду. Не соглашалась. Раз и навсегда решила для себя, что будет только кормить.

Заглядывала в комнату, спрашивала, нужно ли кормить. На этот безобидный вопрос реагировали по-разному. Некоторые гордо, с надменным металлом в голосе отвечали, что в их комнате все ходячие, кричали на кормилицу, ругали плохими словами. Примета была такая: пришла кормилица в комнату – жди смерти. Она не обижалась, шла дальше, из комнаты в комнату.

Хуже всех были те, кому помощь действительно была нужна. Те, кто, будучи в силах, когда-то кричал на кормилицу, гнал и поносил, оказавшись в беспомощном состоянии, громче всех звали на помощь, умоляли покормить, сердились, когда не успевала к обеду. Быстро заглатывали пищу ложка за ложкой, украдкой присматривая за порцией, не урвет ли кормилица кусок и себе. Такие лежали долго, в моче и кале, прогнивали до пролежней, язв. Но жили. Жили годами. Жили, теряя рассудок, не узнавали свою благодетельницу, но упорно открывали рот навстречу ложке с кашей, жадно глотая, уставясь в пустоту бессмысленным взглядом.

Смеркалось. Мы и не заметили, как прошло полдня.

– Сколько же лет вы, бабушка, так людей-то кормите?

– Тридцать два годика. На Пасху будет тридцать три. У меня все подсчитано. Все.

– Вы же героиня, – говорю я в восхищении.– Тридцать два года! Бескорыстно служить людям!

– Бескорыстно?

Кормилица затряслась мелким беззвучным смехом. Быстро перекрестилась троекратно, зашептала молитву.

— Глупые вы все-таки, молодые. Ничего не понимаете ни в жизни, ни в смерти.

Строго посмотрела на меня маленькими злыми глазками. Внимательно осмотрела мои руки:

— Сам ешь?

— Сам.

Вздохнула. Видно было, что очень уж хочется ей поделиться с кем-нибудь своим секретом.

Не глядя мне в глаза, быстрой скороговоркой выдала на одном дыхании, четко и расчетливо:

— Бескорыстно, говоришь? Было дело. Предлагали мне деньги. Не все же сиротами тут лежат. Приезжали родственники их, совали в руки деньги свои поганые. Только я не брала. Если вкладывали в карман незаметно, все отдавала старикам, до копейки. Тем, кто не соображал уже, конфеты покупала и все до одной скармливала. Нет на мне их денег, и благодарности мне от них никакой не надо. Я зарок дала. Когда приехала сюда, кормила поначалу по глупости, просто так. А раз пришла одну кормить, а она мне говорит: «Горшок дай». Я ответила, что горшки не подаю, только кормлю. Хорошо, говорит, корми. Набрала полный рот хлеба, пожевала и в лицо мне плюнула. Все лицо заплевала. А теперь, говорит, платок мне завяжи под подбородком покрепче, чтобы, когда помру, рот не раскрылся. Есть, говорит, больше не буду. Я к ней каждое утро приходила: может, передумает, а она только смотрела строго так и отворачивалась. Две недели лежала, помирала. Тогда я и зарок дала, что всех, кого успею, накормлю. После нее многие есть отказывались, я привыкла. Только ту, первую, помню. И зарок дала, чтобы умереть тихо, не мучиться. Слабая я, сил у меня не хватит, чтобы хлеб выплюнуть. А лежать и под себя ходить – страшно. Испугалась я тогда сильно. А ты говоришь – бескорыстно.

# ПРОПУСК

Дом престарелых. Не общежитие, не больница. Прочный забор из железобетонных плит, стальные ворота. Дом расположен на отшибе города. Соседи – колония общего режима для правонарушителей. Там все ясно, там зэки, колючая проволока. Зэкам хорошо, они отсидят, выйдут на волю. Нам надеяться не на что. Учреждение закрытого типа. Посторонним вход воспрещен. Обитатели не имеют права выйти за ворота учреждения без письменного разрешения директора. Обычного письменного разрешения, с подписью и печатью. Входные ворота тщательно сторожит бывший вертухай с соседней зоны. Он уже стар для работы в органах, а для наших ворот еще сгодится. Сиди себе открывай ворота начальству. Работа простая, привычная, да и к пенсии неплохая прибавка.

Кто поздоровее и попроворнее, лез через забор или устраивал подкоп. Для нас же, инвалидов на колясках, этот несчастный вахтер был подлинным цербером.

Парень-инвалид вызвал такси. Заранее договорился с друзьями, чтобы посадили в машину. За три дня до путешествия запасся пропуском. Все в порядке, все спланировано, здесь посадят в машину, там встретят. Он уже в машине, складная коляска в багажнике.

Подъехали к воротам. Шофер просигналил. Из вахтерской будки не спеша вышел низенький старичок со злыми колючими глазками:

– Кто в машине?

Шофер не понял вопроса:

– Человек.

– Пропуск есть?

Растерянный шофер берет у инвалида лист бумаги, передает вахтеру. Вахтер наметанным глазом внимательно изучает документ:

– Все в порядке, пусть проходит. Я узнал его, он часто возле ворот ошивается. Только в прошлый раз он в коляскс был и без пропуска.

– Но сейчас с пропуском? Открывай ворота.

– Вы меня не поняли. Здесь написано «пропуск на выход с территории дома-интерната». Это документ. Я должен в точности ему следовать. Хочет выходить – пусть выходит, не хочет – не надо. В машине он территорию интерната не покинет.

Шофер раздражен. Немолодой уже мужчина не привык проигрывать. Он отгоняет машину к корпусу интерната, проходит внутрь. Через полчаса объяснений с директором интерната у него в руках все тот же пропуск, но уже с чернильной припиской на полях: «и на выезд». В углу добавочно проставлена круглая печать учреждения. Инвалид рад. У директора в тот день, наверное, было хорошее настроение. По инструкции пропуск нужно было аннулировать, написать заявление на выдачу нового и подождать пару дней решения столь сложного вопроса. Машина подъезжает к воротам во второй раз. Вахтер внимательно рассматривает исправленный документ, возвращает его шоферу такси и нехотя идет открывать ворота.

Несколько минут едут молча. Внезапно шофер останавливает машину. Руки плотно сжимают руль, он вздыхает. Не глядя на пассажира, напряженно, почти зло говорит в воздух впереди себя:

— Так, парень, не обижайся, денег я с тебя не возьму. И не потому, что ты инвалид. Я по молодости отсидел три года, на всю жизнь запомнил. С тех пор ментов ненавижу.

Выключает счетчик, жмет на газ. Машина едет на полной скорости прочь от дома престарелых, зоны, вахтера-паскуды. Хорошо. Воля.

# ДУРАК

Автобусная остановка. Мы с женой куда-то едем. Ждем автобуса. Автобус наконец приходит, за рулем – молодой парень в модных черных очках. Алла берет меня на руки, ставит правую ногу на подножку, переносит на нее вес. Внезапно водитель, улыбнувшись в нашу сторону, дает газ. От резкого толчка Аллу разворачивает, она приседает в полуобороте со мной на руках. Она не падает, тренировки по дзюдо не прошли даром. Просто встает и сажает меня обратно в коляску.

Какой-то пьяный мужичок на остановке не может сдержать смех. Он смеется долго и весело, потом подходит к нам. Алла отходит, она не понимает, как я могу разговаривать с такими людьми.

– Дурак он, – говорит он мне, – дурак.

– Почему?

– Да потому что у тебя вот коляска есть, ты можешь солнце видеть, этих птичек на асфальте, а каким он из аварии выйдет, никто не знает, профессия-то у него опасная.

До меня доходит. Я улыбаюсь. Действительно – дурак.

# ПЛАСТИЛИН

Лепить папу легко. Проще, чем грибок. Нужно раскатать две круглые лепешки пластилина.

* * *

Когда я был маленьким, мы лепили из пластилина. Толстая воспитательница раздала нам по две пластилиновые лепешки каждому. Одну лепешку надо было раскатать в длинную трубочку, другую – в тонкий блин. Если сложить трубочку и блин, получится грибок. Простая задача для подрастающих уже малюток.

Я кладу руку на пластилин. Снимаю одну лепешку с другой. Пытаюсь раскатать пластилин на столе. Безуспешно. Я катаю лепешку по столу, она не становится ни тоньше, ни толще. Берусь за следующую – результат тот же.

Другие дети справляются с заданием по-разному. У одних грибок получается прямым и красивым, у других – маленьким и скособоченным. Воспитательница подходит ко всем, каждому что-то советует, одним грибкам поправляет шляпки, другим – ножки. Воспитательница подходит ко мне.

– Что у тебя получилось? – спрашивает она ласково.

179

Я кладу лепешку на лепешку. По-моему, теперь конструкция все-таки немного больше похожа на гриб.

— И что это такое? Что ты тут налепил?

Воспитательница берет мой пластилин, разминает быстрыми, ловкими движениями здоровых пальцев:

— Теперь ты понял, как надо?

Я киваю. Теперь я понял.

— А теперь, дети, посмотрим, у кого получился самый красивый грибок. Самый красивый грибок получился у Рубена.

Я оглядываю стол. Грибок, который стоит передо мной, действительно самый прямой и правильный. Мне все равно. Это не мой грибок.

* * *

Моя дочка лепит папу. Лепить папу легко. Проще, чем грибок. Нужно раскатать две круглые лепешки пластилина. Две одинаковые лепешки, два колеса инвалидной коляски.

* * *

А теперь, дети, посмотрим, у кого получился самый красивый грибок.

# НИКОГДА

Никогда. Страшное слово. Самое страшное из всех слов человеческой речи. Никогда. Слово это сравнимо только со словом «смерть». Смерть – одно большое «никогда». Вечное «никогда», смерть отметает все надежды и возможности. Никаких «может быть» или «а если?». Никогда.

Я никогда не поднимусь на Эверест. Не будет долгих тренировок, медицинских проверок, переездов, гостиниц. Не буду проклинать погоду, скользкие тропы и отвесные уступы. Не будет промежуточных целей, гор больших и маленьких, ничего не будет. Может быть, если повезет, если очень повезет, я когда-нибудь увижу Тибет. Если повезет очень сильно, то меня подбросят на вертолете до первого сборного пункта, до первого и последнего «нельзя». Я увижу горы, сумасшедших альпинистов, бросающих вызов себе и природе. После возвращения, если им повезет и они вернутся с гор без потерь, они радостно и немного смущенно расскажут мне, как все было там, за границей моего «никогда». Они по-доброму отнесутся ко мне, я знаю, я и сам такой же сумасшедший, как они. Все будет очень здорово. Только сам я на вершину не поднимусь никогда.

Я никогда не спущусь в батискафе в Марианскую впадину. Не увижу, как красиво там, на морском дне. Все, что мне останется, – это видеосъемки, документальное подтверждение чьего-то упорства и героизма.

И в космос меня не возьмут. Мне не очень-то и хочется блевать от головокружения, плавая в тесной металлической коробке. Совсем не хочется, но обидно. Кто-то летает там, над моей головой, а мне нельзя.

Я никогда не смогу переплыть Ла-Манш. И пересечь Атлантический океан на плоту тоже не получится. Верблюды Сахары и пингвины Антарктики обойдутся без моего внимания.

Я не смогу выйти в море на рыболовном траулере, не увижу плывущего кита, спокойного кита, уверенного в своей исключительности. Рыбу мне привезут прямо на дом, доставят в лучшем виде, разделанную и готовую к употреблению. Консервы, вечные консервы.

Я трогаю джойстик электрической коляски, подъезжаю к столу. Беру в зубы пластмассовую соломинку, опускаю в бокал. Что ж, консервы так консервы. Медленно пью красное вино – консервированное солнце далекой Аргентины. Кнопкой на пульте включаю телевизор. Выключаю звук. На одном из каналов – прямая трансляция с молодежного праздника. Фигурки в телевизоре счастливы, поют и танцуют.

Камера дает крупный план. Тот парень в татуировках, с серьгой в ухе, я уверен, тоже пытается убежать от своего «никогда». Но мне-то от этого не легче.

# БРАТАН

Мы добирались с друзьями из пригорода. Автобусов не было, жара стояла страшная. Ловить попутку было бесполезно. Три здоровых парня плюс инвалид в коляске – кто ж нас возьмет?

Неожиданное везение – армейский автобус. Выбора не было: надо пытаться сесть. Парни подхватывают меня и коляску на руки, пытаются спорить с водителем. Водитель твердит что-то про «не положено» и «Устав».

Из глубины автобуса с криком «брата-а-ан!» бросается к шоферу военный. Он отчаянно пьян и зол. Они недолго спорят, и мы едем.

Солдатики-новобранцы уступают нам место. Я неудобно полулежу на узком сиденье, мне больно. Подходит «братан». Он еле стоит на ногах, китель расстегнут, под кителем – матросская тельняшка.

– Ты из Афгана?

– Нет.

– Это неважно. До Афгана я не знал, что такое инвалиды. А потом друзья стали приходить без ног, без рук, слепые. Многие не выдерживали, ломались. А ты как?

– Да нормально все у меня: жена, работа.

– Ты держись, живи.

Мы доезжаем до города. Меня выносят. Он что-то кричит через стекло.

Я помню тебя, братан.

Я все помню. Помню твою тельняшку, твои безумные глаза.

Я помню тебя, братан.

Я держусь.

# БИГМАК

Белозубая телезвезда беглым напористым голосом вещает мне с экрана о преимуществе американской демократии. Я не слушаю ее. Я знаю все, что она скажет. Я уверен, она права. Она может гордиться своей родиной, Конституцией, гимном и флагом. У нее есть Билль о правах, статуя Свободы и Макдоналдс.

Она бодро рассказывает мне про систему знаменитых закусочных. Грустный клоун с идиотской улыбкой смотрит на меня с красочного плаката. Бутерброд и газированная вода – что может быть проще? Стройная американка в деловом костюме напрасно пытается убедить меня в том, что именно этот бутерброд самый бутербродный, именно эта газированная вода самая газированная вода в мире. Ерунда! Качество пищи не самое важное в моей жизни.

Я знаю, что все закусочные Макдоналдс соответствуют мировым стандартам безбарьерного доступа. Я знаю, что моя коляска свободно пройдет во все двери. Самые любезные служащие в мире помогут мне воспользоваться туалетом, порежут знаменитый бигмак на мелкие кусочки, в стакан с колой вставят удобную соломинку и поднесут к моему рту.

Все. Этого достаточно. Этого более чем достаточно. Это слишком шикарный подарок для парализованного человека. Бутерброд и газировка. Хлеб и вода. Основа основ. Гарантированное право каждого гражданина на место под солнцем.

Демократия.

# I GO

Английский язык. Язык межнационального общения, деловых переговоров. На русский можно перевести почти все. От поэзии Шекспира до инструкции по эксплуатации холодильника. Почти все. Почти.

* * *

Инвалидная коляска. Американская инвалидная коляска. У меня в руке – джойстик управления. Послушная машина перемещает мое обездвиженное тело по улице небольшого американского городка.

Я переезжаю на красный цвет. Это и не удивительно. Я перехожу первую в моей жизни улицу. Коляска еще не совсем послушна приказам моей парализованной руки.

Машины стоят.

Из машины, стоящей в левом крайнем ряду, высовывается радостный водитель, машет рукой и кричит что-то ободряющее.

Подходит полицейский. По моему ошалелому виду он догадывается, почему я нарушил правила.

– У вас все в порядке?

– Да.

– Вы поступили очень правильно, когда решили выйти на улицу. Удачи вам!

* * *

Женщина в инвалидной коляске проносит-
ся мимо меня на большой скорости. У нее во
рту – шланг респиратора. Спинка коляски отки-
нута до горизонтального положения так, что на
дорогу она смотрит через укрепленное на коляске зеркало. На борту яркая надпись крупными
буквами: «Я люблю жизнь».

* * *

Небольшой китайский ресторан. Узкие двери,
четыре столика.

Выбегает официант:

– Я очень сожалею, очень. Мы приносим офи-
циальные извинения. К сожалению, ваша коляска не войдет в эти двери. Если вас не затруднит, вы можете зайти в соседний зал. Вы ничего
не потеряете, уверяю вас, то же меню, такое же
оформление зала, тот же шеф-повар. У нас есть
сертификат, вы можете с ним ознакомиться. Никакой дискриминации.

Я смущенно пытаюсь успокоить его, заверяю,
что меня ничуть не затруднит пройти в соседний
зал. Он провожает меня до входа в другой зал.

189

Этот зал чуть побольше. Официант сопровождает меня до свободного столика, раздвигает передо мной стулья.

Некоторые посетители ресторана убирают ноги из прохода, некоторые не обращают на мою коляску никакого внимания. Когда колеса коляски наезжают на чьи-то ноги, человек вскрикивает. Еще бы, вес коляски не маленький. Мы обмениваемся извинениями.

Официант изумленно смотрит на меня:

– Почему вы все время извиняетесь? Вы имеете такое же право есть в этом ресторане, как и они.

* * *

Девушка-американка в инвалидной коляске с гордостью показывает мне микроавтобус с подъемником и рассказывает, что такими микроавтобусами оснащены все таксопарки Америки.

– А разве нельзя было переоборудовать для инвалидов обычные легковые автомобили? Это было бы дешевле, – спрашиваю я.

Девушка смотрит на меня растерянно и смущенно:

– Но ведь в переоборудованном легковом автомобиле можно перевозить только одного человека в коляске! А вдруг это будут парень с девушкой. Они что, по-твоему, должны ехать в разных машинах?

* * *

На русский можно перевести почти все. От поэзии Шекспира до инструкции по эксплуатации холодильника. Почти все. Почти.

Я могу долго говорить про Америку. Могу бесконечно рассказывать про инвалидные коляски, «говорящие» лифты, ровные дороги, пандусы, микроавтобусы с подъемниками. Про слепых программистов, парализованных ученых. Про то, как я плакал, когда мне сказали, что надо возвращаться в Россию и коляску придется оставить.

Но чувство, которое я испытал, когда впервые тронул с места чудо американской технологии, лучше всего передается короткой и емкой английской фразой: «I go». И на русский эта фраза не переводится.

# РОДИНА

Мы с Катей заходим за продуктами в небольшой магазинчик. Катя проходит в глубь магазина, я остаюсь у входа. Все тревел-чеки выписаны на имя Кати, так как мне тяжело расписываться. Я с трудом могу удержать ручку, и моя подпись все равно не внушала бы доверия. Катя выбирает продукты, подходит к продавцу, чтобы расплатиться. За прилавком стоит пожилой араб. Он что-то горячо доказывает Кате, отчаянно жестикулирует. Катя не говорит по-английски, договариваться приходится мне.

Я трогаю джойстик коляски, подъезжаю к прилавку. Катя отходит.

— В чем дело?

— Я не могу принять ваш чек. Я принимаю чеки номиналом не более десяти долларов, а вы предъявили чек на пятьдесят.

Я в Америке. Я уже две недели в Америке. Я спокоен. Еще раз прикасаюсь к джойстику коляски. Спинка коляски поднимается почти вертикально. Я подъезжаю вплотную к прилавку:

— Понятно. Вы хотите сказать, что чек поддельный. Посмотрите на меня. Вы полагаете, я способен подделать чек? Я похож на художника? Я похож на мошенника? Посмотрите на коляску. Вы знаете, сколько стоит такая коляска?

Я покупал у вас продукты вчера, покупал позавчера, покупаю сегодня и надеюсь покупать завтра. Это Америка. Вы продаете, я покупаю. Одно из двух. Если чек подлинный, вы продаете мне товар. Если чек поддельный и я его сам нарисовал, вызывайте полицию.

Он уважительно смотрит на меня. Такой подход к делу его явно устраивает.

– Хорошо. Я принимаю ваш чек. Ты палестинец?

– Нет. Испанец.

– Из Испании?

– Из России.

– Когда домой?

– Через три дня.

– Скучаешь, наверное, по родине, домой тянет.

– Нет, не скучаю.

– Почему?

– Там плохо. Нет таких колясок, тротуаров, магазинов, как ваш. Не тянет совсем. Можно было бы – остался бы здесь навсегда.

Он укоризненно качает головой. Смотрит на меня снисходительно и немного грустно:

– Мальчик, маленький мальчик. Что ты понимаешь в жизни? Здесь нельзя жить. Люди как звери. За доллар готовы поубивать друг друга. Я работаю по четырнадцать часов в день, коплю деньги. Еще подкоплю немного и поеду на родину, в Палестину. А там стреляют. У вас ведь не стреляют?

– Нет.

Мы расплачиваемся, прощаемся и уходим. Я выезжаю из магазина. Разворачиваю коляску, смотрю сквозь витринное стекло на пожилого палестинца. Счастливый! У него есть Родина.

# СВОБОДА

Сан-Франциско. Город моей мечты, населенный пункт капиталистического ада. Город отверженных и странных.

Стою на тротуаре. Я последний день в Америке. Завтра меня отвезут в аэропорт, посадят в самолет. Самолет в срок доставит меня в Россию. Там, в далекой России, меня аккуратно положат на диван и приговорят к пожизненному заключению в четырех стенах. Добрые русские люди будут давать мне еду, пить со мной водку. Там будет сытно и, может быть, тепло. Там будет все, кроме свободы. Мне запретят видеть солнце, гулять по городу, сидеть в кафе. Снисходительно объяснят, что все эти излишества для нормальных, полноценных граждан. Дадут еще немного еды и водки и в очередной раз напомнят о моей черной неблагодарности. Скажут, что я хочу слишком многого, что нужно немного потерпеть, немного, совсем чуть-чуть, лет пятьдесят. Я буду со всем соглашаться и отрешенно кивать. Буду послушно делать, что прикажут, и молча терпеть позор и унижение. Приму свою неполноценность как неизбежное зло и стану медленно подыхать. А когда мне надоест такая сволочная жизнь и я попрошу немного яда, мне, разумеется, откажут. Быстрая смерть запрещена в той далекой и гуманной стране. Все, что мне позволят, – медленно травиться водкой и надеяться на язву желудка или инфаркт.

Я стою на тротуаре. Если до отказа отжать ручку управления электроколяской от себя, мощный мотор унесет меня в неизвестность. Самолет улетит без меня. Через пару дней кончится заряд коляски. Без денег и документов я не выживу в этой жестокой и прекрасной стране. Максимум, на что я смогу рассчитывать, это еще день свободы, затем – смерть.

* * *

Это Америка. Здесь все продается и все покупается. Ужасная, жестокая страна. Рассчитывать на жалость не приходится. Но жалости я досыта наелся еще в России. Меня устроит обычный бизнес.

Это Америка.

– Что продается?

– День свободы. Настоящей свободы. Солнце, воздух. Целующиеся парочки на скамейках. Хиппи, играющий на гитаре. Право еще один раз увидеть, как маленькая девочка кормит белку с ладони. Первый и единственный раз в своей жизни увидеть ночной город, свет тысяч автомобильных фар. В последний раз полюбоваться на неоновые вывески, помечтать о невозможном

196

счастье родиться в этой чудесной стране. Настоящий товар, качественный. Сделано в Америке.

— Сколько стоит?

— Чуть-чуть меньше, чем жизнь.

— Покупаю, сдачи не надо.

* * *

А потом в России я целый месяц жрал водку с утра до вечера, плакал по ночам и в пьяном бреду пытался нащупать джойстик управления несуществующей, мифической коляски. И каждый день жалел о том, что в решающий момент сделал неправильный выбор.

# НОВОЧЕРКАССК

Я родился в Москве. Москва – столица России. В школе мы знали о Москве все. Мы пели о Москве, читали стихи. Нам говорили, что Москва – самый лучший, самый красивый город на свете. Не знаю, я был в Москве только проездом, как и в Санкт-Петербурге. Спорить не буду, вполне возможно, что все, что нам говорили, правда. Может быть, так и есть. Многие уверены в этом, во всяком случае, москвичи.

Своими глазами я видел три города мира: Новочеркасск, Беркли и Мадрид. Но сначала был Новочеркасск.

Про Новочеркасск я знал давно. Про Новочеркасск рассказывали легенды. Говорили, что в новочеркасском детдоме каждый день едят картошку, зимой и летом. Говорили, что в Новочеркасске растут помидоры. Не только помидоры. Абрикосы, арбузы и дыни растут в этом сказочном городе, грецкие орехи и кукуруза, сладкий перец и кабачки. Все это я пробовал пару раз в жизни; я читал, что эти фрукты и овощи растут на юге. Я искал Новочеркасск на географической карте мира, я знал, что это город на юге России. Еще говорили, что тех, кто совсем не может ходить, отвозят в Новочеркасск, в дом для престарелых и инвалидов. Трехэтажный кирпичный дом. Там можно ездить на колясках, там есть нянечки и врачи, там живут долго и никто не умирает сразу. Конечно, все это казалось сказкой, выдумкой, нереальной мечтой. Что с того? Я верил в Новочеркасск. Мне надо, очень надо было во что-то верить.

Иногда сбываются мечты: пустая лотерейная бумажка превращается в кучу денег, папоротник зацветает, а к сироте прилетает фея. В один прекрасный, невероятный, невозможный день какой-то очень серьезный дядя в Москве подписал очень серьезную бумажку, и меня привезли в Новочеркасск. Все, во что я так наивно верил, оказалось правдой, даже картошка и абрикосы.

Я молод и относительно здоров. Я надеюсь увидеть еще много городов мира. Я увижу Париж и Токио, Рим и Сидней, Буэнос-Айрес и Беркли. Обязательно увижу Беркли еще раз. Я верю, что все эти города есть на свете на самом деле. Верю так же, как верил когда-то в Новочеркасск.

Я родился в Москве, мне очень и очень не повезло родиться в этом страшном, безумном городе. Повезло мне именно в Новочеркасске. Новочеркасск – хороший город. Я бы умер, если бы в России не было Новочеркасска.

# ЧЕРНЫЙ

Как всегда в жизни, белая полоса сменяется черной, на смену удаче приходят разочарования. Все меняется, все должно меняться. Так должно быть, так заведено. Я знаю это, я не против, мне остается только надеяться. Надеяться на чудо. Я искренне желаю, страстно хочу, чтобы моя черная полоса продержалась подольше, не менялась на белую.

Я не люблю белый цвет. Белый – цвет бессилия и обреченности, цвет больничного потолка и белых простыней. Гарантированная забота и опека, тишина, покой – ничто. Вечно длящееся ничто больничной жизни.

Черный – цвет борьбы и надежды. Цвет ночного неба, уверенный и четкий фон сновидений, временных пауз между белыми, бесконечно длинными дневными промежутками телесных немощей. Цвет мечты и сказки, цвет внутреннего мира закрытых век. Цвет свободы, цвет, который я выбрал для своей электроколяски.

А когда я пройду своим чередом сквозь строй доброжелательно-безличных манекенов в белых халатах и наконец приду к своему концу, к моей личной вечной ночи, после меня останутся только буквы. Мои буквы, мои черные буквы на белом фоне. Я надеюсь.

# Содержание

www.ingramcontent.com/pod-product-compliance
Lightning Source LLC
Chambersburg PA
CBHW041553010826
48981CB00044B/3